新詩新探索

渡也──著

目次

┃論叢總序

　　台灣現代新詩之有「詩學」，從張我軍猛烈攻擊舊體的那個年代就已存在；其後1950年代的新詩論戰，以迄1970年代之批判現代詩，累積了大量的「詩學」文獻。在學院門牆之內，從「新文藝及其習作」發展到分類開課（現代詩、現代散文、現代小說），從點綴性到類似「台灣新詩學」成為研究所的課程；從中文系生出一個文藝創作組，到台灣文學獨立設系設所，「台灣詩學」無疑已自成體系，其知識已學科化。

　　這個發展歷程非常需要清理並展開論述，我最近重讀《現代文學》第46期之「現代詩回顧專號」（1972年3月）和《中外文學》第25期之「詩專號」（1974年6月），深感前賢已不斷整地、奠基、築室，我們怎麼可以荒於嬉而毀於隨呢？我想起1980年代兩次「現代詩學研討會」之策辦（1984、1986），想起「台灣詩學季刊社」成立時（1994）提出的「挖深織廣，詩寫台灣經驗；剖情析采，論說現代詩學」，想起「台灣現代詩史研討會」之隆重召開（1995），作為愛詩人，我確曾在某些時刻，以具體的行動參與了台灣現代詩學的建構；也看到朋友們在各自的崗位上付出了他們的努力，如林明德、渡也等人在彰師大兩年舉辦一次的「現代詩學研討會」（1993–），趙衛民等人在淡江大學主持編印《藍星

詩學》季刊（1999），孟樊在國北教大推動的《當代詩學》學報（2005-），都累積不少成果。

《台灣詩學季刊》原就創作與評論並重，在推展過程中，先是在十周年過後發展成《台灣詩學學刊》（2003），再來是另辦《吹鼓吹詩論壇》（2005），一社雙刊，分進合擊，除社務委員外，論壇更有多名同仁，陣容堅強。我在創社一年之後接下社長一職，社務有白靈幫忙、同仁協力，編務五年一輪，推動順利、發展快速。一直到2010年年初，我到台南擔任台灣文學館館長，除卸下社長一職，且暫停社籍；去年，蕭蕭社長和白靈幾次相邀回社，且盼我能有所作為，我建議強化論述，編印「臺灣詩學論叢」，獲得大家同意，乃有此編輯出版計劃的推出。

我們的約稿函上說，這一套書將收入「有關台灣現代詩的專書、論集，或詩話」；叢書有總序，各本有自序，內文可分輯，最後可附錄個人之詩學年表等。希望每隔一段時間可以出個幾本。我們社務委員都有現代新詩的論述能力，期待「臺灣詩學論叢」能在學刊及論壇之外，成為台灣現代詩學重鎮，朝跨領域整合的大方向前進。

▍自序

　　此論著和我上一本論文集的出版相距整整二十年。近二十年來，我先後發表數十篇論文，古典與現代論文俱有之，應可出版三本論著，然一直懶得整理、付梓。

　　我近二十年所寫的現代文學研究論文，除了新詩論述外，另一重點為應用文學、文化創意產業領域，論文如〈文學在台灣當代選舉上的運用〉（「當代台灣政治文學研討會」，1994年1月2日）、〈書籍姓名學〉（收入《實用中文寫作》一書，2006年7月30日）、〈飲料行銷與文學〉（國立成功大學「實用中文寫作學術研討會」，2010年1月23日）、〈飲料店運用文學之現象研究〉（國立台中技術學院「傳統文化與現代文化創意產業學術研討會」，2010年6月4日）等，亦可結集成書。而有關新詩之探索，慚愧，只有這七篇。

　　這七篇論文和我以往的新詩論文切入點迥然不同，也與其他學者的新詩論文方向大異其趣。要之，以考證為主。

　　邇來國內某些學者專家之文學論述習以為常地引用大量資料，本來兩千字即能充分討論議題，卻滔滔不絕花費四、五千字篇幅。援引五、六本論著便足以將意見表達清楚，卻秀出二、三十本書來。動輒搬出西方諸多學術領域的理論，如女性主義、文化學、後

殖民理論、現象學、空間理論、文化地理學、後現代主義等學說，以示博學，往往予人天馬行空、不務實際之感。因此，近二十年來我寫論文，僅適當地引經據典，不拖泥帶水，不賣弄學問。這是一個轉變。

另一個轉變：邁入「文學考證」領域。

胡適先生於五〇年代曾提出「大胆的假設，小心的求證」的治學方法，受到學界肯定，然亦有很多批判的聲音。八〇年代，美國威斯康辛大學林敏生教授認為「大胆」有隨便之嫌，故將該方法修正為「夠資格的假設」（competent hypothesis），意指從事研究時「假設」須受限制，不容胡亂假設，然後才能進而「小心求證」。拙文〈五十年代現代派中的古典〉即立基於此。二十多年前，我閱讀早年「現代派」某些成員如紀弦、鄭愁予、林泠、黃仲琮（羊令野）、梅新、彩羽、丁穎、沙牧等詩人的詩作，泰半具有中國傳統、感性抒情色彩。民國四十五年一月「現代派」一創立便發表「六大信條」，標榜新詩乃是「橫的移植」」，而非「縱的繼承」，主張新詩須「重知性，而排斥情緒之告白」，此與我的閱讀印象、感受截然不同，我心中萌生「大胆的假設」，進一步搜尋資料、大量閱讀。向成功大學中文系呂興昌教授借來早年「現代派」發行的《現代詩》詩刊，將完整的一套詩刊中的作品仔細閱讀幾遍，詳作筆記，有更重大的發現，迺做了「夠資格的假設」：「現代派」創社宗旨、宣言是謊話，包括為首的紀弦在內，現代派成員大多是說一套寫一套。

「現代派」成員的詩作在內容、形式上背離「知性」、「西化」（橫的移植）者時有所見。因此，我從內容上的題材、抒情、精神、題目、典故以及形式上的押韻、語言等七方面來舉例、分

析、證明，達成我的「新探索」。我在民國八十四年三月二十五日「台灣現代詩史研討會」發表這篇論文，台下與會人士如詩壇前輩洛夫先生等人在「開放討論」時段皆發言肯定拙文的探索與發現。那一幕，我至今印象仍十分深刻！這篇論文嗣後獲得八十四年度國科會甲種獎助，給我莫大的鼓勵！

再舉一例。詩人向陽曾在多篇文章中敘述屈原辭賦給他諸多養分、啟發，屈原的南方方言文學，深深影響少年時代的向陽，向陽於大學時代開始寫台語詩，即是一個「影響」的例證。我因而「大胆假設」：「戰國」屈原應該在其他方面亦沾漑「民國」向陽。我進而閱讀相關資料，尋找證據，做了「夠資格的假設」、「小心的求證」，終於有所斬獲！我從屈原所擅長的表達技術：「以自然景物營造意境」、「以自然景物比喻男女」切入，討論屈原辭賦與向陽情詩的相似性，證實屈原這兩種技巧給予向陽某些啟示。而「以自然景物比喻男女」復分為「以非植物的自然物件為喻」與「以自然物件的植物為喻」兩項來「小心求證」，完成〈屈原辭賦與向陽情詩〉一文；副標題「一個楚辭學的新課題」，既「大胆」又「小心」，是一種「宣告」：請注意向陽的新楚辭。意在提醒現代楚辭學學者專家，應多多注意向陽與兩千三百多年前三閭大夫的遙相呼應，兩者的關聯性頗值得繼續探索。有關「新探索」的論述，在分析徐志摩〈再別康橋〉的節奏那篇論文中亦不難發現，讀者請自行玩味，茲不贅述。

忝為叢書之一的這本小書得以問世，特別感謝我所屬的「台灣詩學季刊社」以及此叢書策畫人瑞騰兄。

輯一

徐志摩〈再別康橋〉節奏分析

　　美學家朱光潛表示：「從多方面的證據看，在起源時詩歌音樂跳舞是一種混合的藝術。在古希臘酒神祭的歌舞，澳洲土人的歌舞以及苗猺諸族的歌舞中，歌舞樂三種藝術都是不分家的。它們公同的命脉在節奏，或者說，它們是同一節奏的三方面的表現。在這種混合藝術中，詩歌可以忽略意義，跳舞可以忽略姿態，音樂可以忽略和諧（melody）。它們的主要功用都在點明節奏。後來原始的歌樂舞混合的藝術逐漸分化，詩歌偏向意義方面走，音樂偏向和諧方面走，跳舞偏向姿態方面走，於是逐漸形成三種獨立的藝術。它們雖然分立，卻都還保存它們的原始的公同的命脉——節奏。」[1]西方學者早有此說。詩歌後來獨立成為一門藝術形式，但仍然保持音樂性，古典詩如此，新詩亦然。有些學者述及詩歌的音樂時，往往以節奏、韻律代稱，本文亦從眾。

　　所謂節奏（rhythm），其正確又最簡要的定義出現在幾本著名的辭典中，《牛津高級英英／英漢雙解辭典》如此界定節奏：

　　　　有規律的重覆發生。[2]

---

[1] 朱光潛：〈從研究歌謠後我對於詩的形式問題意見的變遷〉，收入朱光潛：《詩論新編》（台北：洪範書店，1982年5月），頁93。

[2] 吳奚真主編：《牛津高級英英／英漢雙解辭典》（台北：東華書局，1996年12月16版9刷），頁922。

《辭海》對節奏一詞的解說如下：

> 樂調之抑揚緩急曰節奏。………關於音之強弱者，即強音與
> 弱音反覆配合而起之節奏。[3]

這兩個定義前者是廣義的，指包括音樂、美術、建築、植物、
大自然現象等「有規律的重覆」者，後者則僅指音樂而言。這兩者
有一共同的要點：重覆，也就是「反覆」。足見重覆或反覆乃是節
奏的充分必要條件。專門研究詩歌節奏的大陸學者陳本益說：「節
奏是在一定時間間隔裡的某種形式的反覆。」[4]此定義亦述及「重
覆」。

進而言之，詩歌中的節奏又是指何而言？陳本益表示：

> 詩歌節奏一般指詩歌語言的節奏。作為一種節奏，它必然也
> 包含上述兩方面的因素，即一定的時間間隔和某種形式的反
> 覆。它與其他非語言節奏的不同，主要不在一定的時間間隔
> 這個因素上，而在某種形式的反覆這個因素上：它是某種語
> 音形式的反覆。[5]

瞭解節奏與詩歌節奏後，以下即以此為基礎，從幾個角度來分
析徐志摩名作〈再別康橋〉的節奏。

---

[3]　《辭海・中冊》（台北：中華書局，1980年3月，最新增訂本），頁3365。
[4]　陳本益：《漢語詩歌的節奏》（台北：文津出版社，1994年8月初版），頁4。
[5]　陳本益：《漢語詩歌的節奏》（台北：文津出版社，1994年8月初版），頁5。

據筆者所掌握的有關〈再別康橋〉的論述資料看來，討論此詩節奏者以丁旭輝〈徐志摩《再別康橋》的永恆魅力〉[6]最詳細。而丁氏《徐志摩的詩情與詩藝》[7]一書第三章針對徐志摩詩作中用來製造節奏的一些技巧亦有全面、深入的研究，十分精闢！國內某高職國文課本選入此詩，在「研析」欄表示：「這首〈再別康橋〉的音節也很奧妙，但它不太適合做分析。」丁氏之論述及本文，應可讓這荒謬的說法不攻自破。

　　徐志摩的詩相當講究節奏之美，他是浙江海寧人，按理應以海寧語音來分析此詩節奏，然而，本文仍從「國音」切入、探討之，理由是台灣讀者大多以「國語」誦讀此詩。

一、押韻

　　大多數學者、專家都提到〈再別康橋〉全詩在偶數行末押韻，卻極少有人說第五節的偶數行行末看來並沒有押韻的這件事。以「國音」來唸，該節第二行的「溯」與第四行的「歌」，前者音ㄙㄨˋ，後者音ㄍㄜ，的確未押韻。為何說此詩偶數行皆押韻？

　　其實，「溯」、「歌」是押韻的，因為「歌」字浙江海寧人的徐志摩唸成ㄍㄨ；但如果沒有做出這樣的說明，就不應含混地說全詩偶數行押韻。丁旭輝〈徐志摩《再別康橋》的永恆魅力〉則一語道破：「第五節的『溯』與『歌』在徐志摩的鄉音中是押韻的。」[8]

---

[6]　丁旭輝：〈徐志摩《再別康橋》的永恆魅力〉，收入丁旭輝：《淺出深入話新詩》（台北：爾雅出版社，2006年9月10日初版）。

[7]　丁旭輝：《徐志摩的詩情與詩藝》（台北：文津出版社，2001年2月初版一刷）。

[8]　丁旭輝：〈徐志摩《再別康橋》的永恆魅力〉，收入丁旭輝：《淺出深入話新詩》（台北：爾雅出版社，2006年9月10日初版），頁18。

進一步，丁氏該文尚提到此詩「第四節的二個奇數行也押了韻（潭、間）」[9]，筆者認為第六節的二個奇數行也押韻，即「歌」、「默」押韻，在新詩中，ㄜ、ㄛ可以通押。新詩押韻的原則較古詩寬鬆。因此，「潭」與「間」亦可以通押，雖然後者有「介音」而前者沒有，但在現代詩中此二字可視為同一韻部。依此類推，筆者推論首節奇數行的「了」、「走」押韻，末節奇數行的「了」、「袖」押韻。在「國音」中，ㄜ、ㄡ音近，也許在「海寧音」中更接近。果如是，那麼以上這四節是使用「交韻」。因此，筆者迺作合理的猜測：第二、三、五節的奇數行可能也押韻。有可能在海寧口音中，這三節中的「柳」與「影」押韻、「荇」與「裡」押韻、「篙」與「輝」押韻。之所以做此推斷，有幾個理由，其一是徐志摩對詩歌的音節（即「節奏」）相當強調，他在〈詩刊放假〉以及〈詩刊弁言〉文中一再提倡詩的節奏。既然有兩節（指第四、六節）安排交韻來增強節奏，為何棄其他五節於不顧？如果僅僅兩節具有交韻，整首詩反而顯得奇怪？何況交韻的現象在徐志摩的詩中經常出現，如〈月下雷峰影片〉、〈我不知道風是在哪一個方向吹〉、〈渺小〉、〈西伯利亞道中憶西湖秋雪庵蘆色作歌〉、〈問誰〉、〈她怕他說出口〉等詩，其中〈西伯利亞道中憶西湖秋雪庵蘆色作歌〉、〈問誰〉二首每節各四行，偶數行比奇數行低二或一格，與〈再別康橋〉的押韻、詩行排列方式雷同。既然此二首是以交韻方式押韻（即ABAB，換言之，奇數行押某韻，偶數行押另一韻），因此筆者大膽猜測以徐志摩口音誦讀或他在創作時，〈再別康橋〉全詩應是押交韻的。

9　丁旭輝：〈徐志摩《再別康橋》的永恆魅力〉，收入丁旭輝：《淺出深入話新詩》（台北：爾雅出版社，2006年9月10日初版），頁17。

其實，若以「國音」來看〈西伯利亞道中憶西湖秋雪庵蘆色作歌〉，則第二節奇數行末「玉」、「樂」兩字並未押韻，第五節奇數行末字「舞」、「歌」亦無押韻現象，但是若以海寧音來唸，此詩第二、五節應具有交韻，也就是說：「玉」、「樂」是押韻的，而「舞」、「歌」（「歌」字浙江海寧人唸成ㄍㄨ，與「舞」字是押韻的）亦然。強烈追求節奏的徐志摩不太可能在這首共計七節的詩中，只有兩節未經營交韻，而其他五節則展現美好的交韻。

　　以上是筆者大膽的臆測與簡單的推斷，如果能找到海寧地區長者（出生年與徐志摩稍接近者較適宜）來唸此詩，答案立刻揭曉！日前我打電話請教徐志摩專家丁旭輝教授，他表示以前曾問過浙江籍的老先生有關〈再別康橋〉一詩的發音，他只記得第五節偶數行的「溯」、「歌」老先生發音相近，由於當初他沒想到此詩七節均呈現交韻的現象（如前文所述，他只發現第四節有交韻），故未繼續了解其他各節的發音，錯失良機。讀徐志摩的詩有時要慮及海寧音的問題，倘不如此，那麼〈再別康橋〉第五節無論奇數行或偶數行都未押韻！也就是說這一節根本沒押韻。徐志摩會放任這首詩有一節沒押韻嗎？

　　單就大多數人所知道的偶數行押韻這情況而論，此詩即存在「重覆」（或「反覆」）的美感。倘若全詩各節皆有交韻情況，那麼各節的奇數行亦具有「重覆」的特色。進而言之，每節均設計二組韻，這是一種交響，促使此詩節奏既豐繁又富變化。

　　富變化的還有換韻所帶來的節奏。僅以一般所謂偶數行的腳韻來說，從第一節至第七節，依序為ㄞ、ㄤ、ㄠ、ㄥ、ㄜ、ㄠ、ㄞ。不但善用換韻來產生活潑、變化的節奏，而且，也考慮到統一、呼應，例如第六節「ㄠ」呼應了第三節「ㄠ」，第七節「ㄞ」與第一節一致，這七組腳韻同中有異，異中有同，符合美學原則。

二、同音堆集

　　丁旭輝在〈徐志摩《再別康橋》的永恆魅力〉一文從行中韻、雙聲、疊韻、疊字等技巧來說明此詩的音樂性，但未分析此詩「同音堆集」所產生的功效。他在《徐志摩的詩情與詩藝》一書則使用「同音堆集」理論分析徐志摩某些詩作和諧的音樂美，例如〈夜半松風〉、〈殘詩〉兩首，卻未以膾炙人口的〈再別康橋〉為探討對象。不知何故？這給筆者一些啟示：運用「同音堆集」解釋此詩如何透過聽覺打動人心。

　　所謂「同音堆集」係指：「相同音無規律地堆集在詩行內，從而產生『聲音象徵的效果』和指示『意義象徵化的方向』。」[10]〈再別康橋〉中「同音堆集」的例子不少，以下僅舉三節說明，以概其餘。

　　　　第二節：河、的（第一行）。的（第二行）。波、的（第三
　　　　　　　　行）。我、的（第四行）。

　　這些字皆發ㄜ或ㄛ音，若放寬一點而言，第四行的「頭」音亦相近。

　　　　第二節：陽、娘（第二行）。光（第三行）。蕩、漾（第四
　　　　　　　　行）。

---

[10]　許霆、魯德俊：《新格律詩研究》（銀川：寧夏人民出版社，1991年6月1版），頁63。

這些字皆發尢音。

　　第二節：金（第一行）。新（第二行）。心（第四行）。

這三個字皆發ㄣ音。
　　音同、音近者歸為一組，同一組的字前後相應，產生「重覆」所帶來的節奏感。再者，一節之中，有多組「同音堆集」，節奏因此生動而不呆滯。接著分析第四、五節。

　　第四節：潭（第一行）。泉、天（第二行）。間（第三
　　　　　　行）。澱（第四行）。
　　第四節：清、虹（第二行）。虹、夢（第四行）。

　　這一節有兩組「同音堆集」的字群，一組發ㄣ音，另一組發ㄥ音，皆屬聲韻學所謂的陽聲鼻韻，聲音宏亮，頗能配合此節所書寫的愉悅之情。第二節也有八個陽聲鼻韻的字（發ㄣ、尢音者），如再加上兩個發ㄢ音的字（畔、艷）、兩個發ㄥ音字（中、影），則共有十二個陽聲鼻韻字，這些字的聲情是快樂的，與此節主旨、情緒吻合。準此聲情理論而言，第五節的情緒更昂揚。

　　第五節：夢、撐（第一行）。青、更、青（第二行）。星
　　　　　　（第三行）。星（第四行）。
　　第五節：長（第一行）。向（第二行）。放（第四行）。
　　第五節：漫（第二行）。滿、船（第三行）。斑、斕（第四
　　　　　　行）。

此節共有二十九個字，其中有三組「同音堆集」字群，這三組十五個字（佔此節總字數一半以上的比例）皆屬陽聲鼻韻字，響亮悅耳，不絕如縷，且感情激昂，徐志摩重返母校的心情如何，可想而知。進而言之，這三組的音皆屬陽鼻韻，可見此節節奏「統一」，但ㄥ、ㄤ、ㄢ畢竟不同音，顯示此節節奏「變化」、「多樣」，從而可管窺徐志摩經營節奏手法高明之一斑。

　　以上只針對三節解說，其他四節中具陽聲鼻韻字者還很多，這些字群產生何種「聲音象徵的效果」、「意義象徵化的方向」？不言可喻。

　　押韻是有規律的音的重覆，「同音堆集」則是無規律的音的重覆。這兩種技巧已令此詩音樂性濃郁。不僅此也，此詩尚存在其他許多音近或字同音同的字，以下只列出ㄛ、ㄜ音的字：

　　　　第一節：的、我、了（第一行）。我、的（第二行）。我、
　　　　　　　　的（第三行）。的（第四行）。
　　　　第二節：河、的（第一行）。的（第二行）。波、的（第三
　　　　　　　　行）。我、的（第四行）。
　　　　第三節：的（第一行）。的（第二行）。的、波（第三
　　　　　　　　行）。我、做（第四行）。
　　　　第四節：的（第一行）。著、的（第四行）。
　　　　第五節：歌（第四行）。
　　　　第六節：我、歌（第一行）。的（第二行）。我、默（第三
　　　　　　　　行）。默、的（第四行）。
　　　　第七節：的、我（第一行）。我、的（第二行）。我（第三
　　　　　　　　行）。

「的」、「我」大量使用，如同再三出現的「類字」，對節奏和諧、緊湊貢獻頗巨。此外，「波」、「歌」、「默」亦有點功勞。這小節所臚舉的例子，或刻意為之，或無心插柳，甚至是文法上的需要（如「的」字）。我們說話或隨意書寫，有時也會在無意中遣用一些音近、音同、字同音同的字，因此，話或文便有節奏之美。

必須聲明的是，本文標示發音，以「國音」為基準。當然，倘若以海寧音標音，即〈再別康橋〉的原音重現，應有不同的結論，例如統計數字可能不同。

三、頓

丁旭輝《徐志摩的詩情與詩藝》述及徐志摩詩作的音組造成的節奏，可惜只用一頁多的篇幅簡介，並未深入探討，以丁氏的功力，應該可以析理入微。丁氏〈徐志摩《再別康橋》的永恆魅力〉則只用數行淺談此詩的音組，一筆帶過。

所謂音組，即是頓，亦稱音尺、音步、節、停頓，其定義為「語流中詞語之間、句子之間、段落之間聲音上的間歇。屬音長範圍。」[11]，例如「輕輕的我／走了」、「油油的／在水底／招搖」，前一例是「四字頓／二字頓」，後一例為「三字頓／三字頓／二字頓」。

頓的功效為何？《修辭通鑑》一書言之甚詳：

---

[11] 成偉鈞、唐仲揚、向宏業主編：《修辭通鑑》（北京：中國青年出版社，1991年6月），頁30-31。

停頓是顯現節奏單位的明顯標誌。語言總是借助停頓來劃分節奏單位，體現節奏感，增強音樂美的。[12]

除了產生、加強節奏之外，《修辭通鑑》尚且提到另兩種功效：

（1）分清層次，突出重點。停頓可把語言單位和層次分別清楚，又可突出某一語意重點，使語言表達清晰、曉暢、主次分明。

（2）傳達深層語意和潛在信息，使語言表達言簡意豐、含蓄委婉、生動傳神，借助於「有聲語言」提供的環境，取得「無聲勝有聲」的效果。[13]

〈再別康橋〉詩中的頓及其節奏如何？以下就其中數節標示之：

輕輕的我／走了
　　正如／我輕輕的來
我輕輕的／招手
　　作別／西天的雲彩

那河畔的／金柳
　　是夕陽中的／新娘
波光裏的／艷影

---

[12] 成偉鈞、唐仲揚、向宏業主編：《修辭通鑑》（北京：中國青年出版社，1991年6月），頁31。

[13] 成偉鈞、唐仲揚、向宏業主編：《修辭通鑑》（北京：中國青年出版社，1991年6月），頁31。

在我的心頭／蕩漾

軟泥上的／青荇
　油油的／在水底／招搖
在康河的／柔波裏
　我甘心／做一條／水草

那榆蔭下的／一潭
　不是清泉／是天上虹
揉碎／在浮藻間
　沉澱著／彩虹似的夢

尋夢／撐一支長篙
　向青草／更青處／漫溯
滿載／一船星輝
　在星輝／斑斕裏／放歌

但／我不能／放歌
　悄悄／是別離的／笙簫
夏蟲／也為我／沉默
　沉默／是今晚的／康橋

悄悄的我／走了
　正如我／悄悄的來
我揮一揮／衣袖
　不帶走／一片雲彩

大體而言，偶數行的頓，即各節第二、四行的頓，一一對應，除了第四節偶數行因字數、文法不同以致頓的位置未對應外，其他各節偶數行之對應均相當工整。奇數行（第一、三行）頓的對應則不太整齊。筆者認為偶數行在某些方面都是相應的，如押韻、字數（不是七個字就是八個字）、文法，所以，停頓的位置亦然。因此，筆者推測奇數行的第一、三行也自成另一對應系統。原因之一是奇數行非六個字即七個字，顯然與偶數行迥異。徐志摩可能有意讓偶數行、奇數行分別形成兩個系統，否則，奇數行應該會出現某一、二行是八個字或偶數行會有六個字的現象。

　　並非所有奇數行字數皆相同，亦非凡偶數行字數均一致，所以第三節的奇數行才會出現「4／2」對「4／3」，第五節的奇數行出現「2／5」對「2／4」，不太相稱的狀況。最不相稱的應推第四節的奇數行了。也許有人會質問既然如此，為何筆者仍堅持奇數行成一個系統？請注意第一、二、三、七節奇數行中的頓，第一、三行的頓一一對應，十分整齊。而第五、六節的奇數行的頓稍欠整齊，此乃每行字數不同的緣故。再者，請仔細看第一、二、三節奇數行的第一個頓，在「我」字、「的」字停頓，此二字發音ㄛ、ㄜ相近，換言之，這六行奇數行「我」和「的」相應，「的」和「的」相應，絕非巧合，應有目的（茲僅以第一節來闡明，第一行「4／2」的頓，到第三節又出現了，這種重覆產生了節奏美。），諒必是徐志摩精心設計的。這讓奇數行成一系統多了一個理由。即使筆者所謂奇數行押韻之說不能成立，但還是有其他理由支持奇數行自成一系統。

　　創作或誦讀一首詩時，並非只有一種頓的方式，以第三節偶數行為例，還可以有下列兩種：

一、油油的在水底／招搖
　　我甘心做一條／水草

二、油油的／在水底招搖
　　我甘心／做一條水草

　　無論是哪一種，均非隨便、任意停頓，停頓自有其原則，《修辭通鑑》於此解說綦詳：

　　停頓，一方面是因為生理上需要換氣，另一方面是因為表達上需要間歇，以便使語意清晰，節奏分明，給聽話人留下領會說話內容的時間。兩者比較，生理上的需要應當服從表達上的需要，氣息的停頓應當同語意、節奏的停頓統一起來。停頓是各種語意或節奏單位的標誌之一。[14]

　　簡言之，停頓需要合意、合奏（節奏）、合氣。筆者認為此外還可以加上「合法」（合乎文法），頓要合法，勿在不合文法之處停頓，例如「那榆蔭／下的一／潭」即不合法也。

　　龍騰出版社的《高中國文教師手冊（一）》，曾標記此詩之停頓狀況，茲舉其中三節論之：

　　輕輕的　我　走了
　　正如我　輕輕的　來

---

[14] 成偉鈞、唐仲揚、向宏業主編：《修辭通鑑》（北京：中國青年出版社，1991年6月），頁30-31。

我　輕輕的　招手
　　作別　西天的　雲彩　（第一節）

軟泥上的　青荇
　　油油的　在水底　招搖
在　康河的　柔波裏
　　我　甘心做　一條　水草　（第三節）

那　榆陰下的　一潭
　　不是清泉　是　天上虹
揉碎在　浮藻間
　　沉澱著　彩虹似的　夢　（第四節）[15]

　　這三節偶數行頓的位置均未一一對應，連公認此詩有押韻的偶數句吟誦時都無法前後呼應，不知節奏感從何而來？此詩光是靠押韻來產生節奏嗎？而奇數行頓的位置其實可以相稱，卻也做出令人匪夷所思的標示。為何第三節第三行「在」字及第四行「做」字要停頓？為何第四節第二行「是」字及第三行「在」字須停頓？理由安在？是否依照上述合奏、合意、合氣、合法的原則標示？在在令人懷疑。前文針對此詩七節一一標示頓的位置，看來遠比這教師手冊所標示者還具有格律性。

　　丁旭輝所認定的此詩頓的位置，有些亦與上述教師手冊雷同[16]，這種標示方式，這種誦讀方式，平心而言，節奏必然受損，甚至蕩然無存。

---

[15]　《高中國文教師手冊（一）》（台北：龍騰出版社，2000年8月）。
[16]　丁旭輝：〈徐志摩《再別康橋》的永恆魅力〉，收入丁旭輝：《淺出深入話新詩》
　　　（台北：爾雅出版社，2006年9月10日初版），頁19。

四、句子長度

　　前文稍提到此詩偶、奇數行的字數，以下將全詩共二十八行的字數一一註明：

　　　第一節：六
　　　　　　　七
　　　　　　　六
　　　　　　　七

　　　第二節：六
　　　　　　　七
　　　　　　　六
　　　　　　　七

　　　第三節：六
　　　　　　　八
　　　　　　　七
　　　　　　　八

　　　第四節：七
　　　　　　　八
　　　　　　　六
　　　　　　　八

第五節：七
　　　　八
　　　　六
　　　　八

第六節：六
　　　　八
　　　　七
　　　　八

第七節：六
　　　　七
　　　　六
　　　　七

　　顯而易見，偶數行共十四行，以八個字居多，共佔八行；其餘六行為七個字。而奇數行共十四行，以六個字居多，供佔十行；其餘四行為七個字。換言之，偶數行以八個字為主，奇數行以六個字為主；再者，偶數行字數無六個字者，奇數行字數也未出現八個字，壁壘分明，這也是筆者認為偶、奇數行分屬兩個不同系統的原因之一。

　　整體看來，全詩每行字數最少六個字，至多八個字，相隔的兩行僅相差一或兩個字，落差不大，因此在視覺或聽覺上，均十分均衡，既富視覺節奏之美，亦具聽覺節奏之美。倘若相隔兩行中有一行出現四、五個字或九、十個字的狀況，落差較大，易予人不均衡

之感；前後行的聽覺節奏因而忽快忽慢、忽短忽長，有欠和諧。而於視覺節奏之美亦有損矣

　　徐志摩為何不將全詩各行字數統一，例如一律八個字或六個字？他應深知標準「豆腐乾」體之疵──呆板、生硬，所以追求變化、生動！

　　劉大櫆《論文偶記》云：「一句之中，或多一字，或少一字……則音節迥異，故字句為音節之矩。積字成句，積句成章，積章成篇，合而讀之，音節見矣。」[17]，此處之音節即指節奏。以此觀點來檢驗〈再別康橋〉，可見徐志摩深知多一字、少一字的道理。此詩大抵皆使用短句，故有一種輕快飄逸的情韻。陳本益曾以此詩為例，解說短句與長句所形成的情緒節奏，他認為原詩「參差錯落的短行形式所流露的，是惆悵而又飄逸的情韻。」[18]，而如果將此詩改為長句形式，效果如何？他嘗試改寫第一、二節：

　　　　輕輕的我走了，正如我輕輕的來；
　　　　我輕輕的招手，作別西天的雲彩。

　　　　那河畔的金柳是夕陽中的新娘，
　　　　波光裏的豔影在我的心頭蕩漾。

　　他表示如此則「增加了幾分沉重，沒有那麼飄逸了」[19]。《東大高中國文課本》斬釘截鐵指出此詩寫徐志摩舊地重遊「有著無限

---

[17] 劉大櫆：《論文偶記》（北京：人民文學出版社，1998年5月），頁6。筆者按：《論文偶記》與《初月樓古文緒論》、《春覺齋論文》合為一書出版。
[18] 陳本益：《漢語詩歌的節奏》（台北：文津出版社，1994年8月初版），頁526。
[19] 陳本益：《漢語詩歌的節奏》（台北：文津出版社，1994年8月初版），頁526。

惆悵，萬般無奈」，筆者倒覺得惆悵、無奈的心情難免，不過只是淡淡的，而非「無限」、「萬般」！此外，更有重回康橋的喜悅，此從短行所產生的情緒和節奏可得到證明。而前文分析陽聲鼻韻字時所持的說法亦可證明《東大高中國文課本》的意見有待商榷！

　　本文從押韻、同音堆集、頓、句子長度四個角度分析〈再別康橋〉，始終扣住節奏而論，冀望能找出此詩節奏濃烈的更多因素。有的角度固然經太多學者、專家採用，但不免犯錯，或有不足之處，本文試圖匡謬、補充；有的角度則從未有人說過，本文迺大膽試論。至於前人已論及且說法正確者，則不再贅述。最後特別感謝丁旭輝教授的論著、論文給筆者諸多啟迪。

論張默新詩節奏

　　香港詩論家李英豪曾表示：「張默很懂得利用節奏。在紫的邊陲以前的作品，節奏甚且重於觀念，這是張默的特色，也是一大缺點，從拜波之塔，到戀的構成，張默對於節奏的把握甚佳，音調抑揚收放，很逗人喜愛。……由於要表現一種輕忽幽微，欲吞欲吐的情緒，它使用排比，譬喻，複沓，疊字，繼起，回應，重句……來增加節奏，結果一是使意象鬆弛和離間，一是成為敷陳散漫，……幸好這是早期試驗的缺失；在近期作品中，張默已努力將之征服。」[1]四十六年前，李英豪評論張默更早以前的詩過度「倚重音樂性而求旋律」[2]，然而此現象在當年李氏撰文論張默詩作時已經改善，所以李氏稱許：「在戀的構成，貝多芬，沈層中張默在節奏方面，已能自我節制，操縱自如，而無早期『流熟』和音調與內容不一致的弊端。」[3]。

　　本文一開始之所以再三引用李氏對於張默新詩的節奏分析，乃是由於數十年來論述張默新詩的學者專家大有人在，然而以一整篇

---

[1] 李英豪：〈從拜波之塔到沈層〉，《張默自選集》（台北：黎明文化事業股份有限公司，1978年3月初版），頁248–251。

[2] 李英豪：〈從拜波之塔到沈層〉，《張默自選集》（台北：黎明文化事業股份有限公司，1978年3月初版），頁249。

[3] 李英豪：〈從拜波之塔到沈層〉，《張默自選集》（台北：黎明文化事業股份有限公司，1978年3月初版），頁251。

論文深究張默詩的節奏者則無，而如李氏在論文中使用不少篇幅討論張默詩的節奏者亦不多見，除李氏大文之外，筆者還拜讀過瘂弦為張默詩集《愛詩》寫的序文〈為永恆服役〉，以大約四頁的篇幅談張默詩的音樂性[4]，角度和觀點與李氏迥異，二文均頗具創見。

筆者曾寫過兩篇論文探討張默詩作：〈聲韻學在新詩上的一項試驗──《無調之歌》的節奏〉、〈近看張默〉[5]。前者通篇剖析張默〈無調之歌〉一詩的節奏，如果再加上這篇拙文，也只有三篇論文比較具體、深入地評論張默詩的節奏，其實這一塊仍有開拓的空間，本文嘗試針對張默詩的節奏及其形成因素綜論之。瘂弦在民國七十七年曾說過：「這裡我僅就張默詩的音樂性（這個角度，過去比較少人提到），提出我個人的看法。」[6]，民國九十九年的今天，筆者仍然要說音樂性或節奏乃是研究張默詩的學者專家可以關心、著墨之重要課題。

何謂節奏？，《韋氏英文字典》如此界定：週期性的反復。進而言之，節奏是由聲音的高低、長短、輕重、快慢和頓挫所形成的秩序。因此，節奏可分長短節奏、輕重節奏、快慢節奏，甚至規則與不規則節奏等。以上即屬於聽覺效果的節奏。

本文擬從聽覺效果、視覺效果兩方面來分析張默新詩節奏。至於何謂視覺效果的節奏，容後詳談。

---

[4]　瘂弦：〈為永恆服役〉，收入張默：《愛詩》（台北：爾雅出版社，1988年7月20日初版）。

[5]　陳啟佑：〈聲韻學在新詩上的一項試驗──《無調之歌》的節奏〉，《渡也論新詩》（台北：黎明文化事業股份有限公司，1983年9月）。渡也：〈近看張默〉，收入張默：《遠近高低》（台北：創世紀詩社，1998年5月15日）。

[6]　瘂弦：〈為永恆服役〉，收入張默：《愛詩》（台北：爾雅出版社，1988年7月20日初版）。

一、口語

蕭蕭〈他鄉與家鄉——序張默《光陰・梯子》〉一文舉〈垂楊〉一詩為例，解說張默作品中的鄉愁及吟詠自如的輕快調子：

> 這樣的詩唸起來，音韻效果極佳：一片片、如棉如絮、厚厚、重重、一會兒、一會兒、在我心裡、在我眼裡、在我四肢裡，詠嘆的調子滿足了吟誦的快感，這是張默數十年來堅持的風格，任何一冊詩集，任何一首詩作都有這種「張默風」流竄其中，不可忽略。[7]

〈垂楊〉之所以吟唱起來富節奏感，除了蕭蕭指出的類疊、排比的字、詞、句的因素外，「口語化」也是主因。為了造成生動、自如的朗誦效果，張默大量運用口語。筆者〈近看張默〉[8]一文即述及張默新詩節奏明快的因素之一：口語化，亦順手拈來幾個《遠近高低》詩集中的實例。茲再另舉數例：

> 令我這個萬里外陌生的訪客
>
> 忽忽被撥弄得七上八下，不知如何是好
>
> > （《張默世紀詩選・中秋翌日登巴黎鐵塔》）

---

7 蕭蕭：〈他鄉與家鄉——序張默《光陰・梯子》〉，收入張默：《光陰・梯子》（台北：尚書文化出版社，1990年6月初版）。

8 渡也：〈近看張默〉，收入張默：《遠近高低》（台北：創世紀詩社，1998年5月15日）。

一陣驟雨

能把你粗糙的身子

洗得精光嗎

（《張默世紀詩選‧廣場》）

無所謂風

無所謂雨

沒定量地擊打褪色的時辰

我總是緩慢地想

你落腳的那個南方

鳥聲啾啾的小鎮

（〈無所謂幽暗〉）[9]

　　或二、三句，或五、六句，皆自然、親切、順口，有助於朗誦之順暢、節奏之流動。而整段使用口語者，在張默詩中屢見，限於篇幅，僅舉一例，嘗鼎一臠：

我親愛的娘啊

您早該知道

為兒的，為什麼

時時刻刻懷抱著

這一尊焦黃的

破舊的

9　張默：《光陰‧梯子》（台北：尚書文化出版社，1990年6月初版），頁118。

令人欲哭無淚的

您的肖像

每天，在晨風中

我靜靜展讀，呼喊，以及

無緣由的冥想

（〈哭泣吧！肖像〉）[10]

　　上述諸例中的詞彙、口氣、文法皆為日常生活講話所使用。這些句子唸起來琅琅上口，毫不聱牙，真正做到「我手寫我口」，不僅此也，調子十分輕快。張默喜怒哀樂之情緒可藉此宣洩也。

二、修辭技巧

　　張默可說是類疊、複沓技巧的愛用者，他自己便說過：「我重視聲律之美，而重複和疊現，正是顯現節奏的手法之一。」[11]，其實不僅僅是重複技巧，排比技巧也是張默所酷愛的。很多學者在評論張默詩作時均提到排比；熊國華表示：「他的詩風獨特，不摹仿別人，別人也很難摹仿他。『富於顫弦般的節奏』，被認為是構成『張默風』的主要因素之一，……而且往往透過排比、複疊等傳統而古老的技巧表達出來。」[12]，丁旭輝指出：「張默的詩音樂性特別明顯，多數詩作的朗誦效果奇佳，這在詩壇已多為人知，從最早

---

[10] 張默：《愛詩》（台北：爾雅出版社，1988年7月20日初版），頁178。

[11] 瘂弦：〈為永恆服役〉，收入張默：《愛詩》（台北：爾雅出版社，1988年7月20日初版）。

[12] 熊國華：〈回歸傳統，融匯中西〉，收入蕭蕭編：《詩痴的刻痕》（台北：文史哲出版社，1994年9月初版），頁112–113。

的詩集開始，好用排比、複沓、類疊、頂真等句法一直是張默詩的明顯特色。」[13]，熊氏點出排比、複疊，此外丁氏則增列「頂真」技巧。

其實張默除了常用上述技巧外，尚使用不少與節奏有關的技巧，其中最慣用的乃是對偶、錯綜。以下針對這兩種技巧討論，至於類疊、排比、頂真早已有人論及，不再贅述。

黃慶萱老師在增訂三版二刷的《修辭學》為對偶下定義：

> 把字數相等，語法相似，意義相關的兩個句組、單句或語詞，一前一後，成雙成對地排列在一起，就叫「對偶」。[14]

此一定義大致不錯，如果能在「相似」之上增加「相同或」三字則更完美。蓋有很多對偶語法相同，古人稱之為「工對」，例如李義山〈錦瑟〉：滄海月明珠有淚，藍田日暖玉生煙。對仗工整，上下句之文法結構相同：名詞＋名詞＋名詞＋動詞＋名詞。

以下臚舉幾個張默詩中的對偶：

> 俯視，於地心之深處
> 仰望，於浩瀚之穹蒼
>
> （《張默自選集・拜波之塔》）

---

[13] 丁旭輝：《張默集・解說》（台南：國立台灣文學館，2008年12月），頁127。
[14] 黃慶萱：《修辭學》（台北：三民書局，2004年1月增訂三版二刷），第三篇第二章，頁591。

哭泣在軟軟的風裡凝固

仰望在漣漣的光中蕩開

　　　　　　　　（《張默自選集‧髮與檣桅》）

青天在耳膜中，晃盪

河流在腳底下，喘息

　　　　　　　　（《張默集‧鞦韆十行》）

愈是緩慢，彷彿重量離咱們愈近

愈是神速，依稀光陰總站在前頭

一會兒山，一會兒水

　　　　　　　　（《張默集‧鞦韆十行》）

瞿然，東一堆，西半捲的

　　　（《落葉滿階‧把一大綑空白扔給淚眼迷濛的大地》）

而雕花的彩色漏窗，何在

而透空的金黃琉璃，何在

　　　　　　　（《落葉滿階‧在朔風唰唰中訪太白樓》）

　　例子尚夥，恕不再舉證。這些對偶，有的是單句對，有的是
當句對。有的只有一組對偶，有的接連出現兩組。不論屬於哪一種
對偶，都會產生節奏。何以如此？原因在於定義中「語法相同或
相似」要素，兩個句組、單句或語詞成雙成對，語法不論相同或
相似，都存在著「重複」此一基本特質，再者，朗讀時「頓」（音

步）的位置皆同，亦存在著「重複」。如此，自然會有節奏產生。以上引〈拜波之塔〉例子而言，上下兩句的文法「重複」，而朗誦時，在「，」、「心」、「之」及每句的最後一字的地方均須停頓，也就是所有停頓之處亦「重複」，而重複就是節奏的成因之一。

黃慶萱老師在前引《修辭學》一書如此界定錯綜：

> 凡把形式整齊的辭格，如類疊、對偶、排比、層遞等，故意抽換詞彙、交蹉語次、伸縮文句，變化句式，使其形式參差，詞彙別異，叫作「錯綜」。[15]

錯綜復分為抽換詞面、交蹉語次、調整語法、伸縮文身。其中伸縮文身及抽換詞面為張默較常運用者。

所謂「伸縮文身」即是「把原本形態相同、字數相等的句子，故意伸縮變化字數，使長短不齊，叫作伸縮文身。」[16]伸縮文身又分為伸文身與縮文身兩類。伸文身在張默詩中較多：

> 那些船，桅杆星羅棋佈地，城墻般的船
>
> （《張默自選集·哲人之海》）

> 就這樣逼進
>
> 逼進，層層的逼進
>
> （《張默自選集·哲人之海》）

---

[15] 黃慶萱：《修辭學》（台北：三民書局，2004年1月增訂三版二刷），第三篇第二章，頁753。

[16] 黃慶萱：《修辭學》（台北：三民書局，2004年1月增訂三版二刷），第三篇第二章，頁763。

猶之那星，不變方位的星

（《張默自選集・哲人之海》）

我以為它們會向上
所有努力的不屈辱的心靈會向上

（《張默自選集・群讚》）

穿越，穿越，急急地穿越

（《落葉滿階・哦……巫峽，請你等一等》）

有風，微微的風
不是吹在衣襟上
有浪，柔柔的浪
　　不是打在髮茨間
有雲，薄薄的雲
　　不是飄在心坎裏
有雨，小小的雨
　　不是落在峽谷中

（《落葉滿階・哦……巫峽，請你等一等》）

　　張默非但常運用「伸文身」，有時同一首詩便多處出現「伸文身」，如〈摩娜・麗莎〉一詩。「伸文身」中兼有重複、變化，如原本是「那星」，增加「不變方位的」使之伸長；「星」字重複，而增加五個字後與原本句子形態不同、字數不等，此即「變化」也。它所產生的節奏與類疊不同，類疊的節奏是固定的，而「伸文身」的節奏是既有固定又含變化，「縮文身」的節奏亦然。接著舉

「縮文身」詩例。

於是，我的皺紋不語
　　　蒼髮不語

（《遠近高低・七孔陶笛》）

即使東倒西歪把山川搖晃
　　　把星球摔破
　　　把森林連根拔起

（《愛詩・沒有年輪的石頭》）

我欲以全生命的逼力去親貼
　　　去飛逸
　　　去泅泳

（《張默集・我站立在風中》）

比起「伸文身」來，「縮文身」張默用得少，下面這首《光陰・梯子》詩集中的詩結尾較特殊，連縮兩次：

十分激越地，繼續向前眺望
向前眺望
眺

望

（〈好一幅一望無垠的平疇〉）

至於「抽換詞面」之意，黃慶萱老師的說法是「以同義的詞語取代形式整齊的句子中的某些詞語，叫做抽換詞面。」[17]張默的詩固然常用類疊或複沓，節奏是固定的、規則的，然而他不甘如此呆板，所以經常遣用具有變化性質的「抽換詞面」使節奏活潑：

　　　哎喲嗨！我怎能不孤絕地赤裸裸地
　　　如醉如痴地每天與你對弈
　　　．．．．．．．．．．．．．．．．．．．．．．．．．
　　　．．．．．．．．．．．．．．．．．．．．．．．．．
　　　哎喲嗨！我怎能不昂大地坦蕩蕩地
　　　　一往情深地每天與你對弈
　　　　　　　　（《張默詩選‧在水墨裡遨遊》）[18]

　　前兩行係第三段，而後兩行乃第六段，限於篇幅，未錄第四、五段。《愛詩》詩集中的〈燈下〉也出現一例：

　　　．．．．．．．．．．．．．．．．．
　　　（我蹀躞在風雨的窗前）
　　　．．．．．．．．．．．．．．．．
　　　（我徘徊在薄暮的窗前）
　　　．．．．．．．．．．．．．．
　　　（我唏噓在拂曉的窗前）

---

[17] 黃慶萱：《修辭學》（台北：三民書局，2004年1月增訂三版二刷），第三篇第二章，頁755。
[18] 張默：《張默詩選》（北京：作家出版社，2007年10月北京第一版第一次印刷），頁21–22。

這三句各在第一、二、三段末行，讀者讀到第二、三段末行之際，會產生似曾相識之感，回頭看，原來第一段末行有相似的句子，但又不太一樣，原來已更改兩個詞彙。於是這三句比對之下，同中有異，異中有同。《張默自選集》之〈雪中謎〉一詩中也出現一例，該詩第三段末行「（好一朵長長的美麗，好一朵花中之花啊）」與第二段末行「（好一朵長長的幸福，好一朵霧中之花啊）」，前後呼應，兩行意思大致相同，但又小異其趣，蓋後者抽換兩個詞彙。《落葉滿階》詩集中〈鵝毛大雪落在我家麥稭的屋頂上〉一詩亦使用這種技巧，讀者請自行參閱。

　　不論是伸縮文身或是抽換詞面，一方面由於詞彙複查的現象，帶來了因重複而造成的節奏，一方面由於伸、縮、抽換的技術，帶來了因變化而造成的節奏。這是張默詩中罕有人論及的特殊節奏。

　　張默在詩中操作評論家常論及的排比、類疊、頂真技巧，也讓評論家鮮少論及的對偶、錯綜技巧有展演的機會。這些技巧交錯運用，通力合作，造就了張默的音樂美學——以變化救濟單調的音樂美學。

　　張默曾在《無調之歌》詩集〈代序〉夫子自道：「由於個人對朗誦的熱中，我希望透過作者蒼勁的聲音，使一首詩獲得第二次的創造。因此這本集子中的絕大部分作品都是可以朗誦的，甚至有不少首是為擴大朗誦的效果而寫的。」[19]在這篇序文中他也提到一向重視節奏。為了收到朗誦效果，為了製造節奏感，張默反復且靈活運用多種修辭技巧。

---

[19]　張默：〈並非閒話〉，《無調之歌》（台北：創世紀詩刊社，1975年6月）。

三、視覺美及視覺節奏

民國七十七年，瘂弦〈為永恆服役〉一文舉出〈夜〉一詩印証張默「文字音樂」的觀點：「這種大小由之，收放自如的技法，無疑是來自音樂曲式，而張默把它巧妙地文字化了。」[20]，瘂弦還指出〈變奏曲〉、〈晚安，水墨〉、〈花與講古〉等詩具有早期新月派「節的勻稱、句的均齊」的詩型及音樂形式設計的特色。至於如何造成這種視覺美、聽覺美？瘂弦也稍作解析。隔了五年，民國八十二年，沈奇〈生命·時間·詩〉一文深入闡釋張默〈時間，我繾綣你〉的主題，文末以一千餘字討論該詩之結構、音樂。沈奇談到音樂之形成因素，本應詳細說明，卻一筆帶過。該詩之形式其實亦富有「節的勻稱、句的均齊」特色，沈奇並未道出。平心而言，沈奇此文十分精彩，可惜對於節奏、音樂的說明似乎不夠精采。從十幾、二十幾年前的兩篇文章，甚至更早以前的李英豪〈從拜波之塔到沈層〉，即本文一開始引用的那篇文章看來，只有瘂弦注意到張默某些詩的外型和新月派的關聯。瘂弦看詩的眼光相當銳利，慧眼獨具，的確是行家！

以下先引出幾個音樂形式設計的實例：

> 啊，夜，美麗的夜，哭泣的夜，無限奔湧的夜，
>
> 傷心的夜，被射落失去了一隻翅膀的夜，靜默的
>
> 夜，和風細雨的夜，米勒的晚禱的夜，羅丹的沉

---

[20] 瘂弦：〈為永恆服役〉，收入張默：《愛詩》（台北：爾雅出版社，1988年7月20日初版）。

思者的夜，洛夫的劇場天使的夜，瘂弦的深淵的
夜，夜，夜，於未央中，那是多麼柔麗的
　　　　　流蘇的夜啊
（我能捉住它嗎，那永遠的夜啊！）

在花香四溢的流水般的五月
我們擁簇著一座光潔的愛的水晶城
互在凝視中凝視著
互在尋覓中尋覓著
互在禱告中禱告著
我們把一切赤裸裸的真情擲出
向著那巨無霸的夜
向著那空渺渺的夜
向著那熱騰騰的夜
向著那可以摺疊起來放進小小口袋裡的
　　　　　喜歡遨遊四方的夜啊

　　　　　　　　　　　　　　（《愛詩‧夜》）

某些楊柳輕輕飛上吾女的額
某些炊煙輕輕飛上吾女的唇
某些蟬聲輕輕飛上吾女的耳
某些桃花輕輕飛上吾女的顋
某些企鵝輕輕飛上吾女的鼻
某些噴泉輕輕飛上吾女的眼
某些波浪輕輕飛上吾女的眉
某些胭脂輕輕飛上吾女的腳

某些秋千輕輕飛上吾女的腰
某些陶器輕輕飛上吾女的背
某些薔薇輕輕飛上吾女的手
某些山巒輕輕飛上吾女的髮

某些某些某些之後是　　吾女
被時鐘雕刻著的
一座永遠青青的象徵

（《愛詩・變奏曲》）

讓一朵花，任意自我的頭髮裏，綻出來
讓一行書，任意自我的腳趾上，划出來
讓一片雲，任意自我的額角邊，伸出來
讓一盞燈，任意自我的掌紋間，冒出來

芬芬芳芳的是　　　花
瀟瀟灑灑的是　　　書
曲曲折折的是　　　雲
閃閃爍爍的是　　　燈

它們總是喜歡站在各自最最顯眼的位置
每天列陣，對弈，講古
人間世的基本律則：一個蘿蔔一個坑
請你再大聲一點，向地平線那端的小我說一遍

（《愛詩・花與講古》）

上述三例皆是瘂弦曾提到的，均具有勻稱均齊之美，在視覺上令人感到舒適，此效果即是聞一多〈詩的格律〉一文所謂「建築的美」所導致的。

　　進而言之，一區塊或一段落的字句排列整齊，與字句排列整齊的另一區塊或段落並排，參差有致，在視覺上會產生一種韻律、一種節奏，它不是聽覺的；宛如雅典帕特儂神廟遺址有數排高聳的長柱，每根柱子大小、形狀一致，柱與柱之間隔相同，遠觀之，有一種視覺上的律動、節奏。進而言之，〈花與講古〉的第一段、二段相較之下，它們的視覺節奏：第一段長，第二段短。第一段緩，第二段急。

　　這種視覺美或視覺節奏在張默詩中屢見不鮮，以下再舉兩例：

夜　　漸漸地　　靜了
　　　　　　　　涼了
　　　　　　　　深又深了

案頭上橫躺著一具大字足本線裝的莊子
瞪著惺忪的雙眼
向四壁頻頻追問
　　　　　　　你要　　逍
　　　　　　　還是　　遙

　　　　　　　　　　　　　（《愛詩・夜讀》）

一塊磚
　　一隻蝴蝶

兩塊磚
　　兩隻蝴蝶
三塊磚
　　三隻蝴蝶
四塊磚
　　四隻蝴蝶

來來往往上上下下左左右右前前後後

那麼多口輕飄飄的
　　　輕飄飄的
掠過我愈來愈矮
　　　愈來愈窄
　　愈來愈小的肩膀
　　　　　　　（《落葉滿階‧挑磚工人》）

　　這一節所列舉的五個詩例，除了〈夜〉係局部引用之外，餘
均整首引用，以便讓讀者清楚、完整地「看見」其視覺效果。例如
〈挑磚工人〉的首段，八個短句造成視覺的節奏快速。篇幅有限，
無法再引錄。其實例子尚有不少，以下只引詩題，《光陰‧梯子》
中〈我歌唱，我向一切歌唱〉、〈罈子〉、〈飛吧！摩托車〉等，
《愛詩》中〈月正當中〉、〈死亡，再會〉等，《張默自選集》中
〈嬰兒車〉、〈無調之歌〉等詩均是。

　　造成視覺美及視覺節奏的因素不少，除了上一節所述之修辭手
法外，長短句的巧妙安排亦為主因。長句短句各有其視覺、聽覺上

的效果，張默創作時必然心裡有數，胸有成竹。前引〈夜〉一詩的「向著那可以摺疊起來放進小小口袋裏的」，或者〈變奏曲〉的首段，均屬長句，其特點、效果及使用原則，《現代漢語修辭學》一書表示：

> 長句結構繁複，內涵豐富，具有集中緊湊的特點，能嚴密地表達思想，有較強的邏輯力量。表達舒緩的語勢，抒發細膩的情感，也宜用長句。[21]

「舒緩的語勢」和節奏有關。前引〈夜〉一詩的「流蘇的夜啊」，以及〈變奏曲〉中的「被時鐘雕刻著的」，均屬短句，其特點、效果及使用原則為：

> 至於短句，由於結構比較簡單，具有簡潔明快、乾淨利索的特點，便於表現緊張的氣氛，抒發激越的感情。……由於節奏急促，氣氛緊張，祇宜用短句來表達。[22]

和長句相反，短句的節奏急促，兩者的視覺效果亦有別。進而長句適度搭配短句，節奏也就緩急自如，甚至在視覺上予人參差有致之感。前引〈夜〉中的那一長句乃是接在三行各八個字的排比句之後，而下一行是九字句，且降六格。整體看起來起伏有序，也有變化。長句前後那四行既不長又不短的句子，節奏不緩不急，可

---

[21] 黎運漢、張維耿編著：《現代漢語修辭學》（台北：書林出版有限公司，1997年10月三刷），第二節：句子同義形式的選擇，頁82。

[22] 黎運漢、張維耿編著：《現代漢語修辭學》（台北：書林出版有限公司，1997年10月三刷），第二節：句子同義形式的選擇，頁83。

和節奏較緩的長句得到平衡。有關〈變奏曲〉的視覺音樂或文字音樂，瘂弦〈為永恆服役〉已解析得十分精闢[23]，筆者不敢贊一辭。再舉一例說明，〈花與講古〉共三段，第一、三段皆是長句（第三段第二行短一些），第二段那四行皆是短句，有參差，有整齊，有變化，有統一。再者，眼睛也感受到一種節奏。

必須提醒讀者的是，固然張默詩的形式讓人聯想新月派「新格律詩」，但大致而言並未有某些「新格律詩」那種刻版、單調、生硬的疵病。此外，必須提醒張默的是，張默很多詩皆強調視覺效果，創作時是直寫或直打的，然印成書時往往橫打，原先的效果喪失殆盡，如〈石林，請聽我說〉，詩末註明「一九九八年十月一日於內湖」，料該日張默創作此詩應是直書，詩行的排列模擬直立、高聳的石林，效果奇佳。可惜2007年7月此詩收入《獨釣空濛》詩集中竟橫躺下來，令人扼腕。筆者這篇論文所引用張默的詩，也面臨同樣的問題：一律橫打，蓋研討會論文必須橫打也。

四、押韻

本文第二、三節所述之技巧都是張默用以增加美術、建築、音樂效果，以便讓讀者眼睛、耳朵、心靈感到愉悅的。除此之外，張默亦注重押韻，再加上這一種技法，更可見張默寫詩時的用心經營、匠心獨運了。

既然張默熱愛朗誦新詩、重視聲律之美，那麼他的詩應常押韻。筆者初步調查結果，其詩作十之四、五有韻腳，甚至，某些韻

---

[23] 瘂弦：〈為永恆服役〉，收入張默：《愛詩》（台北：爾雅出版社，1988年7月20日初版）。

腳的安排頗具巧思。然而，數十年來多位學者專家撰文探究張默詩的節奏、音樂，卻未觸及與節奏、音樂息息相關的押韻這個重要課題，不知何故？

隨便舉一本詩集來說，在《光陰‧梯子》詩集裡，押韻的詩不少，如〈雪的感覺〉、〈釋樹〉、〈燈〉、〈武陵夜宿〉、〈一張白紙橫在天空裡〉、〈書店街〉等，以下舉〈雪的感覺〉為例：

> 這裡的夜來得特別早
> 剪紙的窗櫺映著幾許寒梅疏疏的碎屑
> 我們在熱炕上煮酒賦詩
> 驚動了四壁間
> 一些橫七豎八的齊白石
>
> 有人在廊外，忙不迭地
> 大塊大塊地咬著
> 那從天而降的細細的銀絮
> 究竟為的是什麼
>
> 冬夜的梆聲沉甸甸地
> 響自小徑的那頭
> 小徑踩著扶疏的花木
> 扶疏的花木踩著臘梅的暗香
> 臘梅的暗香踩著簷角的風鈴
> 簷角的風鈴正一聲聲地吹奏
> 那攏不起也拂不去的
> 一片好深好黑的離愁

酒壺空空，對著雲堂的曉月
朔風冷冷，黏著異鄉人的衣襟
我們從南方來，不啃啃雪是不甘心的
老天老天啊，您怎麼還不大發雷霆呢

此詩各段韻腳如下所示：

第一段：詩、石
第二段：第一、三行：地、絮
　　　　第二、四行：著、麼
第三段：頭、奏、愁
第四段：的、呢

由此可見張默不甘於一韻到底，故再三換韻，俾使節奏具有變化。第二段使用交錯韻（宛如徐志摩〈再別康橋〉一詩，一、三行押某韻，二、四行改用另一種韻），目的也是製造變化、生動的節奏。

交錯韻在張默詩中屢見，如〈飛吧！摩托車〉：

簡直如入無人之域
它想怎麼著，就怎麼著
不論是晨是暮
不論是晴是雨
它們，那些萬夫莫敵轟轟烈烈的怪物
總是無緣由地

把大千世界
團團圍住

　　域、雨、地押韻，這是一組韻，另一組韻為：暮、物、住，二組韻交錯使用。《獨釣空濛》中的〈今夜，海在域外嚎叫〉第二段及《遠近高低》中的〈火焰山偶得〉亦展現交錯韻，請讀者自行參閱。這種押韻方式，比較不易安排，更不容易處理得妥善，不過，張默的表現令人滿意。

　　至於換韻，在張默詩中更頻繁，請看〈今夜，海在域外嚎叫〉一詩：

咱們不急不徐，徜徉在
晚風輕輕吹拂的星光大道上
不時梳理，向海平面閃爍的波浪
宛轉，向對岸參差起伏的大廈
嚎叫，向放縱逶邐半空的焰火
推拿，向腳下眾多巨星的手掌

哦！還是不要太在意蜂湧人群的聒噪
你切割你，浮雕的水線
我羽化我，超炫的音感
他潑墨他，勃發的華采
其實大家都是這裡偶然停佇的一個逗點
互相燭照或寒暄一下，有啥不好

誰能讓那尊架式十足的李小龍

冷冷穿越當下千姿百態的煙花系列

永遠蹲在維多利亞港蒼茫的額頂

吹，泡泡

（《獨釣空濛》）

此詩各段的韻腳標示如下：

第一段：上、浪、掌

第二段：第一、六行：躁、好

　　　　第二、三、五行：線、感、點

第三段：泡

　　第一段押同一種韻，第二、三段則押另一種韻。請注意，第二段中還暗藏交錯韻。再舉一例，《愛詩》中〈我站立在大風裏〉一詩，第一段韻腳為：裏、鬱、愉，第二段韻腳為：泳、龍，第三段韻腳為：裏、曲、及、離、裏。此詩亦有換韻。全詩太長，恕不錄出。不過，並非凡押韻的詩皆換韻。《獨釣空濛》中〈中秋翌日登巴黎鐵塔〉一詩共三段，第一段韻腳為：著、刻、著，第二段韻腳為：何、何、了，第三段韻腳為：客、麼、寞，顯然是一韻到底。

　　進一層言，張默處理韻腳有時疏，有時密。像〈今夜，海在域外嚎叫〉末段，四行中只安排一個韻腳「泡」，這韻腳和上一段的「好」、「噪」押韻，是屬於「疏」的狀況。前引〈雪的感覺〉、〈中秋翌日登巴黎鐵塔〉二詩即屬於「密」的狀況。韻腳疏，詩的

節奏緩慢；韻腳密，詩的節奏急。詩人端視表達及內容之需要，來安排韻腳疏或密，這一點張默掌控得宜。

與張默同為《創世紀》發起人的洛夫的詩有些也講究押韻，但他不押韻之作更多。一首詩要不要押韻？如何安排韻腳？是否要換韻？並沒有一定的規矩。不押韻也無妨，洛夫筆下那些不押韻的詩，如〈邊界望鄉〉、〈水祭〉、〈挖耳〉、〈碑〉、〈月升起如一首輓歌〉、〈剔牙〉等幾乎都是好作品，不過，如果詩人在意節奏，如果考慮朗誦效果，那麼押韻就不能完全棄而不顧了。

結語

除了本文討論者之外，張默新詩與節奏、音樂密切相關的技巧、策略尚有一些，例如感歎詞、頓（音步）、標點符號的運用等，大有研究的必要。本文所論，以學者專家從未探討者為主。有些議題固然已有人言及，若僅是淺談而已，本文則補充、深究之。從口語、對偶、錯綜以至字句排列、長短句、押韻等技巧一一詳細論証，臚舉實例，具體分析，理性探究，絕不空談。筆者冀望能對今後的張默新詩節奏研究，提供一點線索、一點參考資料。

鄭愁予兩種詩風的形成因素

　　鄭愁予從1949年出版《草鞋與筏子》詩集，1950年創作〈雨絲〉，1951年創作〈歸航曲〉、〈殘堡〉、〈野店〉、〈牧羊女〉以來，至今已六十餘年矣。此期間所創作之詩，大體而言，有三種顯著的風格：秀美（婉約或陰柔）、雄偉（陽剛）、怪誕（險怪）。前二種詩作數量甚多，各有迷人之處，由秀美轉趨雄偉，轉變之痕亦有跡可尋。此文旨在分析鄭愁予這兩種風格的形成因素，來日當再撰文探討鄭愁予的怪誕詩風。

　　何謂風格？台灣語言學者竺家寧表示：

> 我們所說「風格」，一般都是指文學作品而言。同時，我們
> 還要把「風格」作個更嚴格的界定：凡是用文學的方法從事
> 研究，涉及作品內容、思想、情感、象徵、價值判斷、美的
> 問題的，是「文藝風格學」；凡是用語言學的觀念和方法進
> 行研究，涉及作品形式、音韻、詞彙、句法的，是「語言風
> 格學」。[1]

　　此文則兼容並蓄，合文藝風格、語言風格二者來討論鄭愁予兩

---

[1]　竺家寧：《語言風格與文學韻律》（台北：五南圖書出版公司，2001），頁27。

種詩風的成因。成因之犖犖大者約有材料、語言、感情、思想、節奏五項。當然尚有其他因素，本文僅針對這五項因素論述。

　　一首詩的材料所包含的時間、空間如果屬於短的時間或小的空間，較易造成秀美風格，如〈晨〉、〈當西風走過〉二首詩。就語言方面而言，語意如果是小的、細的、柔的、軟的、弱的，較易造成秀美風格，如〈客來小城〉、〈港夜〉；句子短或無艱奧冷僻字者，較易造成秀美風格，如〈燕雲之六〉、〈採貝〉。詩所引起的感情如果是寧靜、妥貼[2]，或是「所引致的快感是使人感到舒適柔和，而使情緒頓化」[3]，較易造成秀美風格，如〈夢土上〉、〈情婦〉。思想簡單、淺易者，較易造成秀美風格，如〈定〉、〈深山旅邸1〉。至於節奏慢、低、單一，也較易造成秀美風格，如〈四月〉、〈知風草〉。以下僅舉一首詩加以闡釋。〈錯誤〉一詩寫於1954年，為鄭愁予二十二歲時的作品。

　　　　我打江南走過
　　　　那等在季節裡的容顏如蓮花的開落

　　　東風不來，三月的柳絮不飛
　　　你底心如小小的寂寞的城
　　　恰若青石的街道向晚
　　　跫音不響，三月的春帷不揭
　　　你底心是小小的窗扉緊掩

2　姚一葦：〈論崇高〉，《美的範疇論》（台北：開明書店，1989），頁52。
3　姚一葦：〈論秀美〉，《美的範疇論》（台北：開明書店，1989），頁44。

我達達的馬蹄是美麗的錯誤

　　我不是歸人，是個過客……

　　此詩所遣用的材料如下：江南、季節、容顏、蓮花、東風、三月、柳絮、心、城、青石的街道、向晚、跫音、春帷、窗扉、馬蹄、歸人、過客等，大多具古典美，泰半屬於在時間、空間上較短、較小的意象。即使所占空間遼闊的「城」，也是小的——「小小的寂寞的城」。姚一葦表示「秀美的外形必要以纖小為條件；易言之，它是纖巧的、細小的，而非雄渾的，宏大的。」[4]因此，這些材料對秀美風格之形成有加分作用。此詩語言之語意屬於小（柳絮、心、小小的）、弱（蓮花、柳絮、寂寞、春帷）、柔（蓮花、柳絮、春帷）、輕（蓮花的開落、柳絮、跫音不響）者居多；再者，文字皆平易近人，毫無艱深的文字。所表達的內容係兒女私情，小我之情，所引致的情緒誠如前文引述乃是寧靜、妥貼，使人感到舒適柔和的。美學家認為秀美「表現於精神方面的乃是化倔強為柔順，化緊張為協和。」[5]此詩予人柔順、協和的感覺，與秀美風格攸關。此詩並無思想、哲理，本來這首情詩即以書寫愛情為主，不以書寫思想為目的。附帶一提者，詩沒有思想並不意味是拙劣之作。最後談節奏，此詩有四句長句，即首段（低兩格者）第二行、第二段第二行、第二段末行、第三段第一行。這四行節奏較慢，尤其是「那等在季節裡的容顏如蓮花的開落」這一行。楊牧〈鄭愁予傳奇〉一文特別對此句頗有好評：

---

[4] 姚一葦：〈論秀美〉，《美的範疇論》（台北：開明書店，1989），頁40。
[5] 姚一葦：〈論秀美〉，《美的範疇論》（台北：開明書店，1989），頁40。

長句如「那等在季節裡的容顏如蓮花的開落」，講求的是單音節語字結合排比的「頓」的效果，並以音響的延伸暗示意義，季節漫長，等候亦乎漫長，蓮花的開落日復一日，時間在流淌，無聲的，悠遠的。[6]

　　不過，由於此詩短句多一點，加以有助於快節奏的類疊、排比技巧數度出現，所以整首的節奏稍快一些，且聲音亦較宏亮，較不利於秀美風格之形成，換言之，會輕微影響秀美風格之形成。

　　綜上所述，〈錯誤〉顯係具有秀美之風。這裡必須強調的是風格之形成有數種因素，一首詩並不一定要完全具備所有因素才足以造成秀美之風。當然，所有因素均具備，則秀美之風越鮮明，〈錯誤〉一詩與秀美風格有關的因素不少，然無關者亦有之。由於每首詩秀美的形成因素多寡不同，因而秀美風格的程度各自不同，因而筆者建議區分等級，例如上、中、下三級，一首詩所包含秀美之形成因素最多者，屬於上級，其次為中級，再其次為下級，例如〈情婦〉、〈錯誤〉隸屬上級，〈邊界酒店〉則隸屬下級，如此討論秀美詩作比較精確。鄭愁予詩作屬於秀美之風者較多，佳篇除上述〈錯誤〉之外，經典之作如〈夢土上〉、〈天窗〉、〈情婦〉、〈水巷〉、〈右邊的人〉均為標準的秀美作品，風靡台灣數十載。

　　接著談雄偉風格。柏勒得里（A. C. Bradley）曾提出崇高觀，認為崇高「特徵為『大』，而且是過份的或甚至壓倒的『大』。此種大首先表現在範圍，即大小、數量或持續時間上，如蒼穹，浩瀚碧空飾無數繫星；海之伸向天際，水平如鏡或化成無數浪花；時間的

6　楊牧：〈鄭愁予傳奇〉，收入鄭愁予：《鄭愁予詩選集》（台北：志文出版社，1977），頁12。

無始無終，皆崇高典型例證。」[7]順著這個說法，一首詩的材料所包含的時間、空間如果屬於長的時間、大的空間，較易造成雄偉風格，如〈雨神〉、〈偈〉二詩。在語言方面，若有些字詞具有大的、粗的、剛的、硬的、猛的意義者，較易造成雄偉風格，如〈雪山莊〉、〈最美的形式給予酒器〉。語言有益於雄偉之風的產生，曾國藩〈咸豐十四年正月初四家訓〉於此有精闢而扼要之高見：

> 雄奇以行氣為上，造句次之，選字又次之。……未有字不雄奇而句能雄奇，句不雄奇而氣能雄奇者。是文章之雄奇，其精處在於行氣，其麤處在於造句選字也。[8]

所謂雄奇，即雄偉也。所謂造句、選字即指語言。〈偈〉、〈雨神〉有些文言及艱深文字，有些句法也和白話文迥異。以俄國形式主義的術語來說，這一類語言具有「陌生化」的現象。至於感情方面，昂揚、浪漫、瀟灑的情緒較易造成雄偉風格，如〈聞北海先生笑拒談酒事有贈〉、〈諾言〉，前者字裡行間充滿瀟灑之情，後者情緒昂揚。思想崇高、深奧者，較易造成雄偉風格，如〈霸上印象〉，書寫登高遠眺，洞見生、死之交界，發現此世界、彼世界僅一線之隔。又如〈偈〉，從勒刻偈文之石頭發想，以兩種角度看人生的靜與動：人看似定於一，實則是大時空中的遊子也。進一層言，節奏快速、高昂、繁複，較易造成雄偉風格，〈浪子麻沁〉一詩節奏快速，而〈草生原〉多音交響，節奏既繁複又快速，乃是此二首詩富雄偉風格主因之一。

---

[7] 姚一葦：〈論崇高〉，《美的範疇論》（台北：開明書店，1989），頁77。
[8] 轉引自姚一葦：〈論崇高〉，《美的範疇論》（台北：開明書店，1989），頁64。

以下僅列舉一首詩並說明之。〈鹿場大山〉係1963年所作，時鄭愁予三十一歲。這一年，他寫下三首關於大霸尖山的山水之作，斯為第一首。

　　許多竹　許多藍孩子的檝
　　擠瘦了鹿場大山的脊
　　坐著吃路的森林
　　在崖谷吐著雷聲
　　我們踩路來　便被吞沒了
　　便隨雷那麼懵懂地走出
　　正是雲霧像海的地方

　　正是雲霧像海的地方
　　此刻　怎不見你帆紅的衫子
　　可已航入寬大的懷袖
　　此痴身　已化為寒冷的島嶼
　　蒼茫裏　唇與唇守護
　　惟呼暱名輕悄
　　互擊額際而成回聲

　　所呈現的材料為：竹、檝、鹿場大山、路、森林、崖谷、雷聲、海、懷袖、身、島嶼、蒼茫等，均為空間較巨大的材料。這些材料無一屬於時間意象。即使有小的空間意象，如「竹」和「檝」，但都加上數量詞「許多」，因此仍屬於大空間的材料。空間感極小的「懷袖」亦然，加上形容詞「寬大的」，空間遼闊，且

從上下文看來，這懷袖「非同小可」。接著分析語言。語詞以具有大、粗、剛、硬、猛之含意者居多，除了上述材料、語詞之外，「擠瘦」、「吃路」、「吞沒」、「互擊」亦屬之。就感情而言，作者所欲表現的是投入大自然「懷袖」，視野遼闊，胸襟開朗的心情─激昂、瀟灑、浪漫三者兼而有之；頗符合姚一葦所言「崇高所引致的快感是使人感到蓬勃奮發，而使情緒高揚」[9]。在思想上，此詩表達了天人合一、物我合一的崇高的境界。節奏方面，特色可不少。「許多竹」、「我們踩路來」、「此刻」、「此痴身」、「蒼茫裡」的短句，促使節奏快速；「樅」、「林」、「聲」、「方」、「方」、「身」、「聲」七個陽聲鼻韻字，相互呼應，加上「正是雲霧像海的地方」的「連環體」技巧的運用，節奏越快速而有力，音節鏗鏘！更助長「雄風」！

　　從以上剖析，可見此詩乃是典型的雄偉之作。如同前面討論秀美形成因素時所說，在此也要聲明並非所有因素一應俱全才足以形成雄偉風格。所有因素皆備，則雄偉之風當然越強烈。〈鹿場大山〉中雄偉風格的形成要素不少，材料、語言、感情、思想、節奏的要素皆齊全。

　　由於每一首雄偉風格的詩所包含的雄偉形成因素多寡均不同，即雄偉的強弱程度不同，因此不妨區分為三個等級：高、中、低。一首詩含雄偉之形成因素最多者，屬於高級，其次為中級，再其次為低級。例如〈草生原〉隸屬高級，〈鹿場大山〉、〈浪子麻沁〉隸屬中級，〈偈〉隸屬低級，以這樣的方式來談雄偉風格較科學、準確度高。低級者並非表示失敗或低劣的意思，那僅僅指雄偉風格

---

[9]　姚一葦：〈論秀美〉，《美的範疇論》（台北：開明書店，1989），頁44。

在詩中的高低、強弱程度而已，沒有其他含意。鄭愁予詩作屬於雄偉風格者屢見不鮮，〈鹿場大山〉之外，順手拈來，如〈賦別〉、〈燕雲之十〉、〈金門集〉、〈醉溪流域〉、〈苦力長城〉等皆是佳篇。

根據楊牧的考證，鄭愁予詩語言以愁予二十五歲為分水嶺：

> 在一九五七年以前，亦即愁予二十五歲之前，他的語言是和緩的，陰性的，甚至可以說是傳統地「詩的」。這以後，幾乎以「窗外的女奴」一詩開始，愁予突然蓄意放棄他陰性的語言，努力塑造陽性新語言。他的方法是在傳統性的白話裏注入文言句式的因素，鑄創新辭，分裂古義，無形中使他的語言增加許多硬度。……他的語言轉為堅硬，漸趨陽剛。[10]

楊牧〈鄭愁予傳奇〉一文寫於1973年7月，對鄭愁予「陽性新語言」的轉變之跡及其利弊，詳細舉證並解說。四十年前，楊牧慧眼獨具，洞悉鄭愁予詩風轉變的重要因素：語言。不過，其他因素，諸如經歷、思想、人生觀、年齡等因素，與鄭愁予詩風由秀美（陰柔）一變而為雄偉（陽剛）亦息息相關，楊牧未有一語述及。值得注意的是，詩風轉變應是指某些詩而言，並非鄭愁予所有「新語言」的詩皆然。因為啟用「陽性新語言」之後，鄭愁予仍創作許多秀美詩作。進而言之，在一九五七年之前，鄭愁予已使用「陽性新語言」，這在〈偈〉（1954）、〈定〉（1954）、〈度牒〉（1955）、〈當西風走過〉（1956）、〈生命〉（1956）等詩

---

10 楊牧：〈鄭愁予傳奇〉，收入鄭愁予：《鄭愁予詩集》（台北：志文出版社，1977），頁36。

中早已出現。再者，1957年，鄭愁予有許多作品使用新語言，這一點，楊牧十分了解，但楊牧卻表示鄭愁予於1958年所作的〈窗外的女奴〉是蓄意放棄他陰性的語言的「開始」，換句話說，比楊牧自己說的1957年晚了一年，不知何故？此乃楊牧自相矛盾之處。這幾個「美麗的錯誤」必須更正，否則將繼續誤導研究鄭愁予語言的專家、學者。

本文僅從語言學或風格學的角度切入，詳細、具體舉例、證明鄭愁予秀美、雄偉詩風的形成因素。六十多年來，研究鄭愁予詩作風格者不少，然而採取本文這種方式、策略剖析的論文，應該不多。這只是一個粗淺的嘗試，冀望拋磚引玉，期待來日能有學者、專家從更多、更新的角度，更深入地鑽研鄭愁予的詩風。

最後附帶一提的是，我近幾年已不隨時下所流行過量的、浮濫的引經據典的論文起舞，此文所引用之資料不貪多、不嫌少，夠用就好。再者，此文深受已故美學理論家姚一葦先生的論著啟發，在此特別向他致謝，向他致敬。

———收入《愁予的傳奇：鄭愁予詩學論集——衣缽的傳遞》
（台北：萬卷樓圖書股份有限公司，2013年12月3日初版）

屈原辭賦與向陽情詩
——一個楚辭學的新課題

　　「君不行兮夷猶，蹇誰留兮中洲？美要眇兮宜修，沛吾乘兮桂舟。令沅湘兮無波，使江水兮安流。望夫君兮未來，吹參差兮誰思？」《楚辭》之〈湘君〉[1]一詩開頭數句，敘述湘夫人唱歌吐露她等不到湘君而憂愁的心聲。〈湘君〉既用於祭祀儀式，也是情詩。全詩出現大量的自然景物，寫景狀物十分生動，扣人心絃。像這種以自然景物為情詩重點的作品，在《楚辭》中尚有數篇，再舉一篇為例，〈湘夫人〉開頭敘述：「帝子降兮北渚，目眇眇兮愁予。裊裊兮秋風，洞庭波兮木葉下。登白蘋兮騁望，與佳期兮夕張。鳥萃兮蘋中，罾何為兮木上？沅有茝兮澧有蘭，思公子兮未敢言。」[2]，在渚、風、洞庭湖、樹、草、鳥、花、木等大自然元素中，在山水花木、風景優美的環境裡，湘君正戀慕著湘夫人（帝子、公子皆指湘夫人）。此詩從頭到尾，與愛情密切結合。少年時代被這一類作品吸引的向陽，因而獲得靈感，得到啟示，也運用自然景物來表達愛情。向陽曾自述少年時習文過程：「難忘的是，十三歲那年，在理化課上偷抄錄『離騷』，一字一字艱苦地寫下，一句一句懵懂地吟誦的稚情。『日月忽其不淹兮，春與秋其代序；惟

1　王逸：《楚辭章句》（台北：藝文印書館，63年4月），第二卷，頁85、86。
2　王逸：《楚辭章句》（台北：藝文印書館，63年4月），第二卷，頁91。

草木之零落兮，恐美人之遲暮。」如此的心境，在屈子是家國之痛不遇之怨，當時何嘗會意了得？但覺字字珠璣，語語能寫我胸臆，便自喜愛十分。」[3]此事他又在另一篇文章提到：「上初二時，異想天開，在課堂上抄錄『離騷』，……只是因為迷於屈原的詭麗含悲的詩句，以及那種音韻起伏抑揚的美而喜愛。就在這種全憑感覺的喜愛中，我與詩結了緣。」[4]向陽在很多文章中再三夫子自道與屈原的文學因緣，似乎有意提供一些線索給讀者、評論者，不過，好像都沒有人注意、追查這些重要線索，殊屬可惜！據筆者追查，以自然景物表達愛情即是有價值的線索之一。

　　愛情主題在向陽詩中屢見，尤其是早年（向陽二十餘歲時）——民國六十年代的作品中。三十年來評論者十之八九集中在向陽詩的方言、新格律、鄉土、社會關懷等特色剖析，對向陽的情詩予以關注、論述者鮮矣，容或論及亦幾筆帶過。蕭蕭〈悲與喜交集的新律詩——論向陽〉[5]一文討論向陽詩中之愛情，篇幅約半頁而已。黃玠源《向陽現代詩研究：1973——2005》第三章針對向陽情詩，僅使用兩頁篇幅敘述。[6]特別值得一提的是，香港學者黎活仁教授以一整篇論文〈向陽的「戀人絮語」：《心事》與幻想的重複〉[7]剖析向陽《心事》中的情詩。

3　向陽：〈江湖夜雨——「銀杏的仰望」詩集後記〉，《銀杏的仰望》（台北：故鄉文化出版事業經紀公司，68年2月），頁191。

4　向陽：〈「十行」心路〉，《十行集》（台北：九歌出版社，73年7月），頁189-190。

5　蕭蕭：〈悲與喜交集的新律詩——論向陽〉，收錄於《銀杏的仰望》（台北：故鄉文化出版事業經紀公司，68年2月），頁219。

6　黃玠源：《向陽現代詩研究：1973-2005》，國立中山大學中國文學系碩士在職專班碩士論文，2008年6月。

7　黎活仁：〈向陽的「戀人絮語」：《心事》與幻想的重複〉，兩岸四地語言與文化現象國際學術研討會，2011年10月8日，江蘇連雲港。

職是之故，本文擬拋磚引玉，嘗試探究向陽的情詩。由於向陽的情詩在某些層面明顯受屈原辭賦影響，情詩中書寫自然景物者屢見，斯即師法屈原辭賦者。因而本文所舉向陽詩例，以具有自然景物元素的情詩為主，換言之，既是自然詩又是情詩的作品方為本文評騭之對象。

一、以自然景物營造意境

　　劉勰《文心雕龍・物色》云：「歲有其物，物有其容；情以物遷，辭以情發。……山沓水匝，樹雜雲合。目既往還，心亦吐納。春日遲遲，秋風颯颯。情往似贈，興來如答。」[8]這段話說的是心物的關聯，透過審美體驗而達到情景合一，以山林、自然景物寄興的意境。屈原作品即常用此一手法，本文開頭所援引兩大段的某些部分即是。此外如〈雲中君〉一篇云：「浴蘭湯兮沐芳，華采衣兮若英。靈連蜷兮既留，爛昭昭兮未央。」[9]以自然景物來比興，寓情於景，釀造聖潔、美好的氛圍。例子尚夥，不一一舉証。「這些意象不是單個的獨立意象和靜止意象，而是形成了有意味的關係和整體流動的審美效果。」[10]

　　屈原在情詩中以自然景物經營意境、氛圍，此一技術向陽早年即心領神會，大量運用於情詩寫作，其〈請聽，夜在流動〉一詩具有悠邈的意境及羅曼蒂克的氣氛，以下錄第一、二段：

---

[8]　楊明照校注：《文心雕龍校注》（台北：河洛圖書出版社，65年3月），頁294、295。

[9]　王逸：《楚辭章句》（台北：藝文印書館，63年4月），第二卷，頁83、84。

[10]　顏祥林：《楚辭美論》（上海：學林出版社，2001年4月），頁184。這段話是顏氏解說〈湘君〉之意象群時所說，其實亦可套用於屈原其他詩篇。

請聽靜靜，夜在緩緩流動
遠處的山腰有飄霧默默，任風吹送
你當會想起：那時初遇
沙灘被邂逅為啟闊的榆樹林
自遙迢的天際，鷗鳥飛來棲息

　　飛來棲息，請聽夜正流動
很晏的小徑中每有依戀的步履走過
你或難忘記？那種溫柔
　　雲般地被漂白成閃亮的晚雨
依稀在紗窗外，焚出千萬螢火

　　　　　　　　（《銀杏的仰望》，頁29、30）

　　「遠處的山腰有飄霧默默，任風吹送」的朦朧美，暗示愛情
降臨的「沙灘被邂逅為啟闊的榆樹林／自遙迢的天際，鷗鳥飛來棲
息」，而「閃亮的晚雨」、「千萬螢火」則意味一種希望，至於窗
外的亮光即暗指愛情的亮光。〈絕句〉一詩所運用的自然景物與這
些意象群相似：霧、燈火、巍巍萬仞、雪、夜雨、江、樹、風清、
小徑，為「女子苦苦等待鍾愛的異性」此一主旨而烘托淒冷迷茫的
氛圍；氛圍亦適切地配合主題，此略似前引〈湘君〉、〈湘夫人〉
二篇內容。〈白鷺〉一詩則藉一對白鷺無畏於險惡環境中比翼高
飛，來描寫男女堅定的情愛：

雙手張開，即是天地
小至小於幽然一羽，大至大於

廓然宇宙，在我們相惜的眸中
白露是愛，因陽光閃爍
而使周圍的枝葉也亮麗了

暫駐的小站，棲此旅次
萬物俱去，獨留你我相伴
澄藍寂靜的天空
若能舉翅雙飛
便烏雲狂風疾雨也無需畏懼

（《十行集》，頁144、145）

　　「白鷺是愛，因陽光閃爍／而使周圍的枝葉也亮麗了」以及
「澄藍寂靜的天空」等句，皆是為男女歡愛鋪設了美好、理想的背
景，景中有情，自然景物也呼應了主題。此詩主題不同於上述兩
首，所以背景氛圍亦迥異。以自然景物元素營造氛圍、情境的詩作
不僅此也，他如〈天問十行〉、〈燭怨十行〉、〈說是去看雪〉、
〈晚霜十行〉、〈即使雨仍落著〉、〈斜暉十行〉、〈窗盼十行〉
等，或抒情，或敘事，或寫景，所呈現的自然元素其實亦為愛情元
素。主題無論是男女相離、相合，皆寫得旖旎纏綿、真情流露，
有歡愉，也有惆悵，這些效果，須賴高度的表達技巧，例如〈窗
盼〉：

莫非是一朵定向的錦葵
只顧南望，在熟悉的小園中
找尋花徑上陌生的蹄蹄清淺

且等待淒淒蓬門上，柔柔

叩問的：那雙手

那雙也能令人

拭淚，令人啟睫訴說的手，也能

掃花徑而成淺淡的印痕，若素絲

為喜愛的顏色而紡織：等待的

定向南望的一朵，莫非錦葵

（《銀杏的仰望》），頁77）

「蹄蹄清淺」、「淒淒」、「柔柔」，不僅含摹寫技巧，同時具有類疊技巧。值得注意者，整首詩特別著墨在視覺、聽覺、觸覺的摹寫。這些技巧促進哀怨的氛圍、情境之形成。此外，音律美也與這氛圍、情境息息相關。此詩押韻（行末韻、行中韻）的情況如下：

第一段：（一）望、中、淺、上

　　　　（二）柔、的、手

第二段：（一）人、能、痕

　　　　（二）絲、織

　　　　（三）手、的、朵

而第二段末行的「葵」呼應了首段末行的「葵」，音樂性濃厚，且音律活潑而不呆板，將在「窗」內期「盼」愛人的女子（錦葵）的情愫及等待的場景、相思的氣氛全盤托出。限於篇幅，以下

僅再舉一例說明，前引〈請聽，夜在流動〉第一、二段透過大量的類疊、摹寫，美麗迷人的適合想念的夜景歷歷在目。聽覺的摹寫在詩中相當重要，除第一、二段足以為証外，第三、四段亦然：

> 千萬螢火，夜正潺潺流動
> 溪河的回憶是夢中鏡裡牽掛的回眸
> 你是否喚我？那麼淒淒
> 響自詩經上空白的某一篇章
> 醒時每自吟哦，徘徊不忍遽去

> 不忍遽去，請聽夜在流動
> 眾星競殞間唯一的休止，萬籟皆瘂
> 你彷彿聽過：那樣愛情
> 尚未灌製便已流為千古絕唱
> 向第二個清晨，殘花紛紛失明

全詩饒富旋律美，僅僅從押韻來分析，便可得知。

第一段：（一）靜、動、送、林
　　　　（二）起、遇、際、息
第二段：（一）息、記、雨
　　　　（二）過、柔、火
第三段：（一）火、眸、我、哦
　　　　（二）淒、去
第四段：（一）動、情、唱、晨、明

以上是採較寬的角度來註明押韻現象。此詩韻腳很密，使節奏十分流暢，且由於頻頻換韻之故，節奏生動多變而不流于呆滯。全詩節奏「潺潺流動」，順暢悅耳，襯托出在朦朧夜色中閃爍螢火的悠邈意境、甜美戀情。

向陽諸多藉自然景物表達愛情的詩篇，所營造之意境及使用之技巧，似與屈原脫離不了關係，進而言之，向陽詩之纏綿悱惻、古典風格，應亦襲自屈原作品。特別是植物（古人所謂「香草」）意象之大量採用，料必是深受楚辭或屈原辭賦啟迪，茲仿劉勰《文心雕龍》之言：抑亦屈原之助乎！

二、以自然景物比喻男女

屈原〈少司命〉云：「蓀何以兮愁苦？」[11]，又云：「荃獨宜兮為民正。」[12]，「蓀」、「荃」在此為少司命之代稱，亦可謂比喻少司命，楚辭中屢見以自然景物或物件喻人，特別是以香草植物喻人，請看〈山鬼〉開頭：「若有人兮山之阿，被薜荔兮帶女蘿，既含睇兮又宜笑，子慕予兮善窈窕。」[13]，又請看「山中人兮芳杜若，飲石泉兮蔭松柏。」[14]此詩寫的是一位山中女神追求愛情的故事，這些植物在此形容、比喻女神，女神與植物認同合一也。又如「沅有茝兮澧有蘭，思公子兮未敢言。」（〈湘夫人〉），以香草「茝」與「蘭」喻公子（即湘夫人）。以上所引皆以自然景物為要件來表達愛情或比喻情人之作。屈原擅長此道，二千三百年後，少

---

[11] 王逸：《楚辭章句》（台北：藝文印書館，63年4月），第二卷，頁98
[12] 王逸：《楚辭章句》（台北：藝文印書館，63年4月），第二卷，頁100。
[13] 王逸：《楚辭章句》（台北：藝文印書館，63年4月），第二卷，頁105。
[14] 王逸：《楚辭章句》（台北：藝文印書館，63年4月），第二卷，頁107。

年向陽全力効法之，成為屈原的傳人。

　　任何物件、材料均可比喻相愛中的男女，具體者如飛機、軌道、樓閣、鏡子、枕頭、衣服、手帕、針線、髮、血、燈、心等等，抽象者如相思、夢、靈魂、醉、痛、愁、幻等，這些皆非自然物件，但皆可作為詩中載體來比喻愛人或愛情。向陽在情詩中打比方時對自然物件則情有獨鍾，尤其是植物。基於這一類作品俯拾皆是，以下分兩方面而論。

　　向陽情詩中作為比喻用的自然界材料種類很多，首先，討論非植物的自然物件。

（一）、以非植物的自然物件為喻

　　以非植物的自然物件為喻者，如〈斜暉十行〉一詩：

　　　　也許我已不該
　　　　再要求常謝的槭葉
　　　　向妳掛上黃色帘幕的小窗
　　　　說些什麼，諸如妳的眼波
　　　　在潮浪起時背向逐漸隱退的海

　　　　或者妳僅只是
　　　　喜歡以腳步的偶爾流梭
　　　　山嵐一般，輕輕拂過
　　　　我多露水的眼瞼，走入
　　　　林間葉影輕覆，泣血的青苔上

　　　　　　　　　　　　　（《銀杏的仰望》，頁101、102）

此詩先以「斜暉」比喻「妳」，復以「山嵐」比喻「妳」。就整首詩看來，「妳」比較淡定，似未熱烈對待「我」，以至於「我」有些無奈。

　　〈野原〉一詩以巨大空間的「山岳」、「野原」物件比喻男女戀人：

> 你走的時候，我沒有說什麼
> 甚至喊你一聲再見，也覺十分多餘
> 百合含淚將身和靈託付給蝶衣
> 就已暗中準備好了，孤獨風雨夜後
> 笑吻漿泥的凝定和悲淒
>
> 因你是遠行的山岳，只合我
> 舒坦仰望，以包容的野草遼夐
> 送你漸隱星燈的身影。至於瓣上露珠
> 瓣下的丘陵，都隨你愛憎吧
> 我是春風綠遍，被廢棄的明天
>
> （《十行集》，頁120、121）

　　以崇峻高聳的「山岳」暗喻「你」，而以遼夐平坦的「野原」暗喻「我」，這樣的比喻罕見。此二物件一高一低、一動一靜，形成對比。

　　〈瀑布十分〉一詩則以「枝葉」、「潭心」、「鑑鏡」喻「我」：

所以牽妳的手，挽留妳跌落

用我堅實的枝葉，引領妳走

向歸宿的潭心

妳之投入我相思葉覆的鑑鏡

（《種籽》，頁23）

「枝葉」、「相思葉」、和「潭心」、「鑑鏡」其實是四合一
的，同一首詩中的四種自然物件都比喻同一個人，殊為少見。「潭
心」是和「水」有關的物件，以此比喻情人，向陽詩集中諸如此類
者不少，如〈雁落平沙〉中也以「水」喻女性：

水紋裡靜靜流過妳酒窩中的曖昧

再過去是潺潺的江波如妳的髮色

（《銀杏的仰望》，頁35）

有更多以「水」比喻情人者，例如〈愛貞〉一詩：

終有一天我們將再度

與泥土結合，乾坤輪轉

那時水的妳與火的我

會是互相擁抱的同源嗎

（《種籽》，頁43）

這四行是此詩之開頭，與結尾三行呼應，首尾意思相同，比喻
亦相同，但語詞變更：「……終有一天／液體的妳與氣體的我也必／

與泥土凝成最堅貞的固體」，〈水月〉一詩則以「水」喻男主人翁的「我」，以「月」喻女主人翁的「妳」，「我」暗戀「妳」，卻不敢明示愛意，因而錯失良緣，全詩文字皆十分優雅，作者善用自然景物委婉、細膩地表達男女彼此愛慕的細節，不便直言情愫的遺憾。

相對於「水」或有關「水」的元素，「山」也常出現在向陽情詩的比喻中，一展身手，前引〈野原〉即為一例。〈過山〉結尾亦然：

> ……又如何向妳證明
> 路通過平穩的橋後，我回頭所見
> 兩座山巒交頸而親的愛情
>
> （《種籽》，頁39）

此詩描寫男子追求愛情的艱辛過程，表面上寫「物」──山巒，實則寫「人」──情侶，兩座山相擁即是一對情侶交頸而親。這個比喻極特殊而且具體生動。進而言之，全詩所述追尋山，追尋山中風景，即指追尋情人──「妳」。景中有情，情致深婉。向陽大量使用自然景物的「山」、「水」元素、物件以喻相愛的男女，此正符合其〈春雨〉中的詩句「……愛／是山原江海契合的聯集」的理念。由於向陽有這種理念、看法，故輒選擇山、水元素書寫情侶、夫妻恩愛。綜上所述，足見山水元素不僅可以營造氣氛而已。

以上所論皆屬非植物之自然元素者。

在此附帶一提：以山水元素喻人，古已有之，如唐代劉禹錫〈吏隱亭述〉、白居易〈三游洞序〉、元結〈右溪記〉、柳宗元〈愚溪詩序〉等文中皆有精彩、富創意的例子，不過，這些文章與

愛情無關，所喻者亦非情侶，請參拙文〈唐代山水小品的技巧與結構〉[15]，茲不贅述。再者，唐代或宋代固然有不少詩作以山水元素比喻愛情，但同一詩人之大量詩作屢屢使用此種技巧如向陽者，則未曾聞見。

（二）、以自然物件的植物為喻

本文所論乃是向陽運用自然景物書寫的「情詩」，其實「非情詩」中以自然景物作為比喻之材料者頗多，但這些並非舉證的對象。同樣的，「非情詩」中亦有不少作品是採用植物打比方的。不過，本節臚舉的例子仍須鎖定以植物為元素所寫的「情詩」。

根據筆者調查，向陽情詩中以植物比喻戀人或情愛者，數量不可謂不多，他在創作時偏愛植物，好以植物來烘托氣氛，以植物來打比方，何以如此？原因之一是向陽從小到大學時代均居住在山林、自然之中，在南投縣鹿谷鄉、台北市陽明山生活二十餘載，筆下當然常出現山水花木，此即劉勰所謂「山林皐壤，實文思之奧府。」；另一原因是得屈原辭賦之助！眾所周知，戰國時代屈原善用植物（即所謂「香草」）比興，例如：「余既滋蘭之九畹兮，又樹蕙之百畝。畦留夷與揭車兮，雜杜衡與芳芷。冀枝葉之峻茂兮，願俟時乎吾將刈。」（〈離騷〉）這一段前四句以栽種花草比喻培植各種人才，而後二句則對人才寄予深厚的政治希望。相關的例子尚有一些，恕不一一舉例。二千三百年後，他的粉絲向陽遂將這技巧發揚光大。前引〈窗盼〉中的「錦葵」、〈野原〉中的「野草」、〈瀑布十分〉中的「枝葉」等即是三個具體證據。又如〈旅

---

15 陳啟佑：〈唐代山水小品的技巧與結構〉，《中外文學》第十四卷第五期，74年10月，頁4~21。

途〉一詩末兩行：

　　　　即使只是野菰一株，我一路
　　　　突破夜黑，引妳仰望第一顆啟明

　　　　　　　　　　　　　　　　　　　（《種籽》，頁34）

　　不只是末二行，此詩中一再以「野菰」暗喻「我」堅定地表示：「卑微」的「野菰」將引領「妳」走向「黎明」及「星」、「啟明」等充滿希望的光亮。軀體渺小，但情愛至大至高！值得一提的是，「旅途」一詞乃是雙關：既是人生的旅途，亦是追求愛情的旅途。〈庭階〉一詩則以竹子喻相戀之男女：

　　　　像青翠並生而分枝相隨的
　　　　兩株細竹，只藉落葉悄聲傾訴

　　　　　　　　　　　　　　　　　　　（《種籽》，頁32）

　　在〈愛貞〉一詩中，向陽亦以「春筍」、「勁竹」來比喻男女情侶：

　　　　那時水的妳與火的我
　　　　會是互相擁抱的同源嗎
　　　　會是咬破地表的春筍
　　　　我們一起面對風雨，在彼日
　　　　也一起抗擊炙熱的陽光和陰冷的夜
　　　　而不相互抱怨嗎？妳不用

答覆，自妳堅定的眼中
勁竹向藍空喊出了最柔的一聲愛

（《種籽》，頁43、44）

　　向陽老家在鹿谷鄉溪頭，該地竹林滿山遍野，長得既青翠動人而又挺直高聳，即使在「非情詩」中，向陽也再三以這種竹子來象徵、比喻。「青翠並生而分枝相隨」、「咬破地表的春筍」、「勁竹向藍空喊出了最柔的一聲愛」等句，不但具有比喻，還運用比擬技巧，使詩變得鮮活感人！類似於「兩株細竹」如情侶那種細膩的描寫，在〈髮殤〉一詩亦可見到：

當我們老去，如兩株古木之槎枒相依
在霧落之前我駭怕，看不清你的枝葉

（《銀杏的仰望》，頁37）

　　此處使用「古木」來明喻，由於作者要比喻「我們老去」，與上述年輕的「春筍」、「勁竹」不同，氣勢亦相異。有時向陽也用更薄更弱的植物落葉來比喻「我」：

若妳不來，則讓我是
翩飄的葉落向妳佇立深思的小階前

（《銀杏的仰望‧或者燃起一盞燈》）

　　〈心事〉一詩亦以落葉比喻情人：

逝去的昨夜挽留著將來的明天

落葉則在霧靄裏翩翩飄墜

而悲哀與喜樂永遠如此沈默

只教湖上橋的倒影攔下

倒影裏魚和葉相見的驚訝

（《十行集》，頁123）

洛夫在〈賞析「心事」〉一文針對此詩之主旨如此推論：

作者寫的乃是離別之情……「倒影裏魚和葉的相見」等，在
在都暗示作者期待重逢的心情。[16]

以植物喻戀人或愛情，可說是向陽詩的一大特色，數量多且所
使用的植物種類亦多，最重要的，藝術手法甚佳，斯為其他新詩人
所未有者。讀向陽這些詩作，亦能「多識草木之名」。屈原好用香
草、香木、香花來裝扮自己，而其周遭亦多香草、香木、香花，這
是有其目的的。因此王逸表示：

離騷之文，依詩取興，引類譬諭，故善鳥香草，以配忠貞；
惡禽臭物，以比讒佞。[17]

自王逸提出屈原以香草譬喻、香草比興手法之說後，歷代學者

---

[16] 洛夫，《孤寂中的迴響》（台北：東大圖書公司，70年7月）。轉引自向陽：《十行集》（台北：九歌出版社，73年7月），頁208。

[17] 王逸：《楚辭章句》（台北：藝文印書館，63年4月），第一卷，頁21。

一直沿用此見解。雖然未像屈原那樣在朝為官，但向陽在創作上也承襲此一手法，然後化用、活用之，表現得十分多元，不過植物在向陽詩中已非楚辭或屈原辭賦之比君喻臣了。

三、結語

向陽曾表示：

> 我用十七年光陰，勞神苦心才初步完成的「十行詩」與「方言詩」兩大試驗，原來早已存活在十七年前我字字抄寫的「離騷」中——它們一來自傳統文學的光照，一出於現實鄉土的潤洗，看似相拒相斥，而其實並生並濟——屈原在辭賦上發展的典範型格，在內容上強調的鄉土根性、以及它在精神上熱愛土地、人民的熱情，似乎早在十七年前我的抄寫過程中，給了我不自覺的啟示。[18]

這段話所說的他作品的幾個特色受屈原辭賦啟示，此外，還有向陽之所以經常遣用自然景物的原因、動機及技巧、目的亦得之於屈原楚辭。誠如前述，向陽在多篇文章中「現身說法」，再三表明屈原辭賦給他諸多養分，惠他良多，然《銀杏的仰望》、《種籽》問世後三十多年來研究向陽新詩的專家、學者，對於楚辭予向陽的影響均一筆帶過或點到為止，未曾將屈原辭賦與向陽作品密切連結，未曾深入挖掘此一課題。有鑑於此，本文試圖分析向陽情詩和

---

[18] 向陽：《土地的歌‧後記》（台北：自立晚報出版部，74年8月）。

屈原辭賦的一些關係，一些蛛絲馬跡，衷心期待今後更多論者踵繼
而來，針對此一課題（一個楚辭學的新課題）從事更進一層、更擴
大範圍的研究。

——收入《南華文學學報‧文學新鑰》第十六期

（南華大學文學系出版，2012年12月）

▌附錄──山林向陽與向陽山林

　　詩人寫詩往往習慣使用同一系統的元素、物件來表達主題、內容，譬如使用屬於都市元素者有之，使用屬於鄉土元素者亦有之；又如：有人常以大地的物件來表達，有人則慣用天空的物件來書寫。不一而足。向陽詩中大量出現山林（或稱山水）元素、物件，即為一例。

　　向陽之所以經常運用山林元素，有幾個原因。深受楚辭影響即其一因，向陽在多篇文章中曾自述學習寫作之初，就迷上楚辭、屈原。楚辭，特別是屈原的作品中俯拾皆是的山林、山水元素的書寫策略，必定啟發了向陽。此外，向陽從小到大學時代皆生長於山林之中。在南投縣鹿谷鄉及台北陽明山生活、讀書、寫作，凡二十餘載。而大學畢業十幾年後，於民國八十年至八十三年，他又回到山川壯麗的陽明山，攻讀文化大學新聞研究所碩士學位，以更成熟、不同的角度書寫山林之美。鹿谷與陽明山皆為著名風景區，林木茂盛，景色優美，四季各有不同的景觀。劉勰曾表示屈原寫得一手絕佳的山水文章，是緣於山水之故：「若乃山林皋壤，實乃文思之奧府。……然屈平所以能洞監風騷之情者，抑亦江山之助乎？」（《文心雕龍．物色》）這段話正好可以轉用在深受屈原影響的向陽身上。這是另一個因素。

　　向陽使用山林元素來表情達意已習以為常，但這些元素並非

毫無影射而純粹做為描寫的對象（像〈雲霧雷雨〉詩中山林元素未含言外之意者極少），換言之，山林物件只是手段，只是載體，其主要目的端在於背後的情意，這種技巧即是一般所謂的「寓情於景」、「情景交融」。三十多年前張漢良〈導讀「未歸」〉一文提到向陽寓情於景的技巧：「本詩最成功之處便是作者捨「情」不寫，而描寫景。這些景物全部都是妻子心境的客觀影射。」（參見《現代詩導讀》）蕭蕭也發現向陽的這個特色：

> 第二階段的十行詩，是景、物的尋求，尋求適當的景、物，來承載詩人的詩想。——向陽選擇了山色、飛鳥、森林、孤煙：：（〈十行天地兩行淚〉）

　　究竟向陽藉著山林或山水物件來寄託什麼主題？即寄寓什麼情，寄寓什麼意？據我初步調查結果，以寄寓奮發向上、時空意識、鄉土情懷、男女愛情等數種主題居多。限於篇幅，本文只談第一種。

　　向陽少年時代的偶像屈原逃入山林，企圖從世俗諸多困頓中解放出來，但向陽之生活於山林或筆下為何呈現山林，其原因、出發點均與屈原不同。向陽山林詩敘及悲情者甚少，類如〈野原十行〉的詩並不多見，而屈原牢騷如「惟草木之零落兮，恐美人之遲暮」之作則屢見不鮮。蓋兩人之個性、際遇皆相異也。向陽屢屢以山林元素為手段，表達向上意志與決心。其名作〈種籽〉一詩即是：

> 隨風飄散。除非拒絕綠葉掩護
> 我才可以等待泥土爆破的心驚

：：：：：：：：：：：：：

我飄我飛我蕩，僅為尋求固定

適合自己，去紮根繁殖的土地

蕭蕭對此詩之主旨有精闢的分析：

> 生命的第一個意義便是決志——拒絕保護，尋求突破。因此
> 要毅然離開美麗的花冠，告別枝枒，甚至於拒絕綠葉的陰
> 護，才有「等待泥土爆破的心驚」！生命的第二個意義則是
> 抉擇——要山陵的挺拔，還是野原的空曠？棲止海濱，還是
> 接受溪澗的洗滌？「種籽」追尋的是可以繁殖的土地，它必
> 須抉擇！（〈十行天地兩行淚〉）

對林木而言，要生長茁壯，必須向陽（向著陽光），唯有向陽
始有生命力；而人類之向上猶如林木之向陽。詩人向陽在此以種籽
自喻，自勉要靠自己，自求多福，向適合自己之處發展！向陽另一
名篇〈銀杏的仰望〉乃詠物詩，歌詠銀杏，亦兼自況，屬於典型的
物我雙寫之作，斯從此詩前的小序即可見出。其第二段如下：

> 只想廿載的清唱已枝枒般成長
> 在偎依的谷中，你曾展葉抗雨舒根抵風
> 兀然掙出薄天的傲嘯，而雨後
> 每喜與山外的虹虹外的天比高，彼時
> 你猶壯碩，枝道葉綠愛情也忠實

此詩寫於六十四年十月，時向陽二十歲（向陽係四十四年出生），「廿載」應是指此而言，所以前面說此詩以銀杏喻己。這一段兩度述及銀杏（亦即向陽本人）「追天」的凌雲壯志，其精神令人肅然起敬。〈森林十行〉也有類似的描繪：

　　　　所有的路巷皆婉轉在我們腳下罷了！
　　　　除了背負以及支持天空，
　　　　淚珠或唾液，都無礙於站姿。
　　　　生長，但尤其仰望，讓飛鳥自眼中奔出
　　　　我們的足掌何等愛恨交錯地抓住泥土！

　　站在森林的立場發聲，讓森林現身說法，自述其立足大地而胸懷天際。堅定向上的心志，宏偉的氣勢，力透紙背！而在〈竹之詞〉中，向陽則以竹為主要元素，道出其在寒冬中筆直上昇的精神、毅力：

　　　　一如花在寒冽的風前綻放
　　　　我們筆直傲立於萬仞高崗
　　　　苦吟是松柏的個性和喜好
　　　　翩翩逍遙我們且放膽歌唱

　　表面上寫竹，細看似乎意有所指。此外，〈飛鳥十行〉、〈向千仞揮手〉、〈殘菊十行〉、〈孤煙十行〉等山林詩亦皆以「向陽而又向上」的意志為主題。例子尚有不少，恕不一一。

表達奮發向上主題的詩並不一定皆為山林詩，向陽詩作如〈白鷺〉、〈藤蔓〉均未使用山林物件，然仍以奮力向上為內容。大體而言，遣用山林元素來表達山林向上或者向陽本人向上，或者人類向上之主旨，的確是向陽詩中常見而極重要的特色。而向陽的詩之所以頗具氣勢，這主旨亦為一大助力、一大因素也。

　　──發表於「山林文學的發展期待座談會」（國立台灣文學館主辦，南投縣政府文化局承辦，2012年6月30日）

政治與性
——論陳克華詩集《啊大，啊大，啊大美國》

　　去年台灣詩壇有幾本魔怪、好色的詩集問世，陳克華《啊大，啊大，啊大美國》、唐捐《金臂勾》均令讀者眼睛頻頻驚呼。前者尤其聳動、特異，作者陳克華具有多方面才華，於醫學、文學、藝術領域皆有所成，藝文作品包括新詩、散文、小說、劇本、流行歌詞、影評等。繼《我撿到一顆頭顱》、《星球紀事》、《欠砍頭詩》、《善男子》之後，再推出這本詩集，投下一顆震撼彈！

　　此詩集特色太多，作者做了諸多嘗試，似乎詩不驚人死不休，在在顯示其巨大的企圖心，顯然有很多創意要呈現，有很多理念要宣告，有很多事要批判。光是從封面設計、內頁美工及顏色，處處新奇、鮮豔、大膽，即可見作者匠心獨運之一斑。書名頗能抓住讀者肉眼，抓住讀者心眼，既引人注目，亦啟人疑竇，一開始即以諧音雙關諷刺台灣「啊大」（秀逗之意），「大美國」應非反諷「美國」大而無當，而是反諷台灣「秀逗」，「美」在此恐是「倒反」，換言之，台灣只是醜陋的小國而已。書名甚具巧思。

　　去年出版這本詩集時陳克華實歲五十，大玩特玩把戲。很早以前，陳克華的詩並非如此，而是宛如此詩集中〈我願我的死亡是在花蓮的冬季〉、〈因為一粒潔白的稻米〉等作品，語言典雅，情緒平和，侃侃而談。近十餘年，他的詩往往語言粗糙，充滿憤怒，

表達既直接復露骨，具強烈批判性，此詩集大部分詩作即是最佳佐證。不過，他的詩之所以「劇變」，和後現代主義、解構主義息息相關，我將另撰一文討論。一個眼科醫生的詩，令閱讀者目眥盡裂，兩眼冒金星，讀詩還得點眼藥水，請問陳克華不必負點責任嗎？

收錄2000至2008年所寫的三十五首詩的這本書，極端另類，充滿「反」的色彩，刻意顛覆很多想法、技巧、語言，換言之，陳克華主張推翻一切，造反有理，革命無罪。評論這些詩作，不能再使用以往的術語、策略，諸如意象豐繁、結構嚴密、語言精緻、意境幽美等，已不適用。必須啟用另一角度、方法、術語，打開另一個奇特的眼睛來看這本詩集，來看陳克華的眼睛。他已經大剌剌公然換了令人眼睛發直的泳裝上場，我豈能再以傳統禮服的美學來品頭論足呢？我只好也穿上泳裝奉陪了。

穿著泳裝的陳克華抗議、不滿的聲音在詩集每一頁都聽得見，喧天價響，分貝很高，諸如「美國和粗糙多毛大陽物之鮮嫩龜頭以及火箭大砲聯想之同義詞」（〈城市填字謎〉）、「如一名妓女暗戀著他的管區警察／我也如此深愛我（們）的國父／讓他的子民日夜進出我的身體」（〈我愛國父〉）、「以一顆兩佰號的姦字／開始的一天／像飄著鴉片迷幻藥味的性器」（〈給我一個兩百號的姦字〉）等，令人目不暇給，震耳欲聾。雖然陳克華走後現代路線已很久了，但是詩作仍和現代主義難分難解。現代主義具有許多特徵，其犖犖大者如下：

一、強調形式與審美的獨立性。
二、作家或藝術家與社會拉開距離。
三、否定社會與制度。

四、否定傳統價值。

五、否定傳統的修辭方式，而使用各種形式與實驗與語言。

六、將個人與內在自我提升到「社會人」之上，探索自我內心的真實。

　　這些特徵在陳克華以往的詩集中俯拾皆是，此詩集亦不例外。姑不論以前或近年，陳克華一直都是現代主義的愛用者，即使近幾年他已昂首闊步走上後現代的路。其實現代主義與後現代主義攸關，兩者之間具傳承關係，後者進而將前者的理念發揚光大，更具顛覆性。由於這兩種主義均充滿反對色彩，所以實踐這兩種主義的陳克華透過主題、題材的表達，否定了一切。

　　首先，我們看到陳克華否定政治。政治的主題、題材是這詩集的焦點之一。僅僅從兩張圖就可知端倪。其一是封面裡的那張人像，乍看像古巴革命分子首領，仔細看原來首領有一張陳克華的臉。革命者既是古巴游擊份子首領，也是陳克華，意味著兩者都反政權！其二是「目次」那頁的人像，打扮乍看是穿著軍用大衣的蔣介石，而卻擁有陳克華的臉龐，左手拿著《陳主席語錄》。弔詭的是他右手權杖上有一個中共的標誌：星星，因而這人像是毛主席、蔣主席、陳主席三位一體。

　　這人像政治意味濃厚，亦有後現代現象：去中心、拼貼、反諷。圖像政治化，詩作亦政治化。〈一個美麗的正確〉一詩戲擬鄭愁予〈錯誤〉，控訴有些人動輒抹黑他人不愛台灣，分化族群。〈渡，十三〉歌頌詩人杜十三，嘲諷政府，杜十三於數年前因不滿執政者無能及社會不公不義，打恐嚇電話給當時的行政院院長。〈啊，我看見了紅〉則書寫2006年9月9日總統府前的倒扁行動，字

裡行間洋溢著激情，期盼倒扁勝利成功！抨擊前總統陳水扁的詩尚有數首，如〈城市填字謎〉、〈遍地——一位總統留給人民的夢〉等，皆極盡諷刺之能事。即使寫人、懷人，作者亦不忘述及政治，〈因為一粒潔白的稻米——寫給楊儒門〉、〈台灣風景——寫給二十一世紀的陳映真〉、〈我們沒有到廣場去看你——寫給黎文正〉等詩多多少少牽扯到政治議題。而和政治有關的社會寫實作品亦有多首，如〈大人啊，求求你讓我繼續躺著幹……〉、〈請不要再來信訴說花蓮之種種美好……〉等，在這位眼科醫師眼中，政治是他的三餐，他的食物，他的生活，政治就是一切。

　　陳克華是政治的，詩也是。他非但描寫政治，而且對政治幾乎都予以嚴厲的批判、譴責，毫不留情。順手拈來，「而且嘴裡必須填滿政客們不說謊便無法膨脹的龜頭和陰蒂／而且兩手必須打打打海峽對岸的手槍／而且必須騰出一點舌尖去舔一舔因為公投而激動留下的精液和淫水」（〈2003台灣愛的進行式〉）、「從此我只生活在我的國／陳克華人民共和國的陳克華市的陳克華街的陳克華段的陳克華號的第陳克華樓／的我的靈魂更獨居於我心臟之下胃脾之上的胰島」（〈請不要再來信訴說花蓮之種種美好……〉）、「來，只要你妳們投我一票／我來教你如何正正確確地樹的手淫……」（〈樹在手淫〉）等詩句，皆是政治的，也是批判的！前文提到現代主義的特徵，陳克華詩的特徵之一乃是反社會、反資本主義、反政府，甚至具無政府主義思想，具虛無主義色彩。他的詩存在著這個世界不可理喻的荒誕感，把握不住命運的危機感，以及找不到精神家園的失落感，這些就是現代主義及後現代主義共同的特點。而表達這種種感受，其實也是一種抗議的姿態！

　　在陳克華的政治詩中，處處可見「下流」、「骯髒」、「猥

褻」的語言，無非是他刻意遣用的，從而可知他對政治的憤怒與失望了。1997年陳克華在為顏艾琳《骨皮肉》詩集寫的序文提到早年有人指責他「對現實和歷史環境認識不清」，他頗不以為然，他表示鄉土、本土的概念被扭曲、喪失精神原創力，甚至對新一代的詩人未產生影響。如今我們看到這本詩集所處理的主題、題材，相當本土，非常現實，且犀利的筆法較之某些鄉土文學作品有過之而無不及。這應該也是一種反諷吧。

除了政治之外，性，也是陳克華一、二十年來著墨最多的課題。在這位眼科醫師眼中，性就是一切。陳克華寫情色詩（erotic poetry），亦稱性愛詩，大約在民國八十年左右，八十四年他出版情色詩集《欠砍頭詩》，此後更戮力於此區塊的書寫，成績斐然。不過，早在民國六十九年六月，我已出版情色詩集《手套與愛》（故鄉出版社），書中附了許多超辣的裸女照片，成為當年文壇的一顆震撼彈！如果說拙著讓三十二年前的詩壇變「色」，變「壞」，而陳克華則後出轉精，使詩壇更「色」更「壞」！

從某個角度看：性是粗鄙、下流、污穢、不可告人的；然而自另一立場觀察：性是重要、聖潔、不應諱言的，性是人類最基本的需求，性具有人類傳宗接代的任務。有性，始有萬物。因此陳克華毫不避諱，無時無刻，誇大地談性；更有甚者，諷刺「性」，批判「性」。書中整首詩都書寫性的，約有八、九首之多，占全書的四分之一，如〈樹在手淫〉、〈私處〉、〈大人啊，求求你讓我繼續躺著幹…〉、〈我愛國父〉、〈外星人之戀〉等，恕不一一臚舉；而局部寫性者，也有數首，如〈給我一個兩百號的姦字〉、〈沒有人問我正義與公理的幻覺〉等，總而言之，整本書有關性的或情色的詩就占了三分之一，足見性是陳克華極重視的，詩人想透過性來

表達他的一些觀點：明明是神聖的，人人都在做愛做的事，太多人竟假道學刻意避而不談，他用火辣辣的情色來諷刺這種怪現象。又如他站在女性或女「性」立場向男人或男「性」抗議，顛覆父權，〈大人啊，求求你讓我繼續躺著幹…〉中「（那，曾經殖民我們身體的嫖客該算什麼？／他們在姦完我們之後／回家回學校回公司辦公室回政府機關／繼續他們良心完美無瑕的光明生活）」數句，還有〈我的三個主體性〉中的〈我的陰道主體性〉第二段：

「從此一切的頭……皆休想……」
包括舌頭、指頭、龜頭、嬰兒額頭、電動按摩棒頭、墮胎的刮刀頭
「因為我擁有主體性……」我的陰道說：（她……她她她會說話）
「還有一切的液體也休想…」
包括男人的精液、唾液、經血、KY潤滑膏

　　這些爆炸性的詩句延續他早年〈請讓我流血──愛麗絲夢遊陰道奇遇記〉一詩的思維和寫法，在受虐、弱勢的女性體內向施虐、強勢的男性身體嗆聲！不過，也有詩論家對此一寫法持迥異的看法：「我們與其如此描述：男詩人站在女性那一邊反抗父權，從而凸顯了男女對立的結構。不如說他有意逾越男女身體、毀壞陰陽秩序。」（劉正忠《現代漢詩的魔怪書寫》第五章：在甘露與甘露之間）。
　　既描述異性間的情慾，也描述同性間的情慾，處理同志的題材一直是陳克華筆下的重點。〈我的三個主體性〉的〈我的肛門主

體性〉赤裸裸地頌揚同性性愛，〈人人愛吃零涼糖〉則向挪威殘殺同志者提出強烈抗議！進而言之，陳克華甚至批判以異性戀為主流的道德觀，收入《欠砍頭詩》中的〈婚禮留言〉、〈閉上妳的陰唇〉等詩早已對異性戀體制加以諷刺，這個觀念一直延續不斷，在〈2003台灣愛的進行式〉、〈我的三個主體性〉等詩中處處可見，這些詩讚美同志間的性愛，等於嘲弄異性性愛。針對同性或異性性愛的描寫，不但直接、詳細、誇張，而且語彙下流、噁心，究其因，目的端在顛覆情色詩必須含蓄委婉、溫柔敦厚的約定俗成的詩學、美學，誰說情色詩不能像陳克華或顏艾琳這樣書寫？

　　人類是政治的動物也是性的動物，這是陳克華長久以來書寫政治與性的原因。然而，多數人未妥善處理、看待政治與性，這是陳克華一直斥責政治與性的理由。陳克華最痛恨的是這兩者，最念茲在茲的也是這兩者。筆者發現，這兩者在陳克華詩中往往一起出現，他總是以性寫政治，以政治寫性。兩者是一體的，這是此詩集另一特色。

　　誠如前文所言，此詩集不但在主題、題材方面具有濃厚的現代主義色彩，亦富鮮明的後現代主義特徵，而在語言、技巧方面，其後現代主義味道更強烈。陳克華巧妙地操作文類雜交、拼貼、諧擬、諷刺、猥褻、卑瑣等後現代技巧，成功地完成這本令人看了瞠目結舌的極勁爆的詩集。限於篇幅，本文僅就主題、題材稍做論述，至於形式方面（如語言、技巧等）之優點，擬另撰一文探討。

——2012年5月《文訊》雜誌319期

輯二

┃五十年代現代派中的古典

　　這個題目相當諷刺。在強調「新詩乃是橫的移植，而非縱的繼承」，在高喊「詩而不新，便沒有資格稱之為新詩」的「現代派」中，存在著「古典的」形式與內容，真是矛盾之至！

　　現代派集團於45年1月15日正式宣告成立，並提出六大信條及其釋義，刊於該年2月1日出版的《現代詩》詩刊第十三期上。十三期尚且登載加盟的「現代派詩人群第一批名單」，共八十三人。其後又有十九人參與，名單見於第十四期《現代詩》詩刊，總計一百零二人結派，聲勢浩大，可謂「新詩文藝營」。

　　現代派「為了達到新詩的現代化這一目的，完成新詩的再革命這一任務」[1]，擬定六大信條做為「建派大綱」。其中數大信條與本文有關，在此特別先提出來，後面的討論才能展開。

　　六大信條的第二條指出「我們認為新詩乃是橫的移植，而非縱的繼承。」[2]，在此信條下面「釋義」部份則說明中國新詩為「移植之花」，絕非舊詩詞之類的「國粹」。紀弦在「現代詩的特色」[3]一文中更進一步解釋：「凡古人說過的，它不再說了；凡古人走過的，它不再走了；凡古人用過的，它不再用了。」這裡的

---

[1]　紀弦，〈現代派信條釋義〉《現代詩》詩刊第十三期，45年2月1日，頁4。
[2]　紀弦，〈現代派信條釋義〉《現代詩》詩刊第十三期，45年2月1日，頁4。
[3]　紀弦，〈現代詩的特色〉，《現代詩》詩刊第十五期，45年10月20日，頁82。

「它」指「現代詩」而言。也就是說，新詩在形式、內容方面都要避免受到傳統的、縱的影響。這是新詩的「西化運動」。

第三條指出「詩的新大陸之探險，詩的處女地之開拓。新的內容之表現，新的形式之創作，新的工具之發見，新的手法之發明。」其「釋義」只就「新」字說明，且僅使用六十七個字解釋，予人交代不清之感。倒是刊登〈現代派信條釋義〉那期的《現代詩》詩刊另有〈戰鬥的第四年，新詩的再革命〉一文進而說明第三信條的含意：

> 而我們的理論之要點，歸納起來，則有下列之三綱：第一、新詩必須是以散文之新工具創造了的自由詩；第二、新詩的表現手法必須新；第三、現代的詩素、詩精神之追求，換言之，詩的新大陸之發見，詩的新天地之開關。正因為境界之新，意味之新，舊的手法不能表現，所以才以新的表現手法為必要；既然採取新的表現手法，舊的工具當然不適用了，於是新的工具應運而生；使用新的工具，採取新的表現手法，表現新的境界，新的意味，而其結果所創造了的新的形式，便是今日之自由詩（不是採取中間路線，抱持妥協態度，看法和我們有距離的那種半舊不新的所謂自由詩）

從這段文字不難推測相對於「散文之新工具」，乃是「韻文之舊工具」；相對於「自由詩」，則是「舊詩」或「格律詩」。而韻文、舊詩之形式，便是「現代派」所欲推翻的對象。刊於《現代詩》第十一期上的〈誰願意開倒車誰去開吧〉一文一針見血地說：

我們認為，新詩必須是自由詩，而且必須以散文的句子寫，不押韻，無格律，……[4]

第四條指出「知性之強調」，其釋義針對抒情、情緒加以批判：

現代主義之一大特色是：反浪漫主義的，重知性，而排斥情結之告白。單是憑著熱情奔放有什麼用呢？[5]

反對抒情，這是紀弦及現代派相當堅持的一個理念，現代派對此再三致意。例如「自反而縮雖千萬人吾往矣」一文即表示：

天真爛漫的「抒情」，……是為新詩所排斥，所唾棄與不取。[6]

所有的新詩，包括當年非現代派詩人的詩作是否皆排斥、唾棄、不取天真爛漫的「抒情」，不無疑問。由於現代派對其所持的理論不清楚或者缺乏周延的詮釋，故往往在受到不同聲音的責難、攻擊時，一而再，再而三地撰文辯駁，僅僅以反對抒情這點而言，因為對「抒情」或「情緒之告白」界定不詳，所以多費不少口舌去說明。甚至，反對抒情這一基本理論是否站得住腳？也是一大問題。這些都是當年引發論戰的因素。

---

[4] 此引文係〈社論〉中的一段話，參見《現代詩》詩刊，44年秋，頁89。
[5] 紀弦，〈現代派信條釋義〉《現代詩》詩刊第十三期，45年2月1日，頁4。
[6] 此引文係〈社論〉中的數句，見《現代詩》詩刊第十六期，46年1月1日，頁2。

依現代派的看法，傳統詩或古典詩屬於抒情的，必須排除、拋棄。《現代詩》第十八期的〈社論一〉即表達得很清楚：

> 相對於舊詩之以「詩情」為詩的本質，新詩則以「詩想」為詩的要素。
>
> …………
>
> 凡以「詩情」為詩的本質的，都是廣義上的抒情主義，屬於浪漫主義的血統；凡以「詩想」為詩的要素的，都是廣義上的理智主義，以激底反浪漫主義為其革命的出發點。前者是十九世紀的，保守的，落伍的；後者是二十世紀的，革新的，進步的。[7]

足見現代派為了擁護現代的、進步的「知性」不惜打倒古典的、落伍的「抒情」或「感性」。

從以上第二、三、四條信條之簡介，可知現代派一味師承西洋，背離中國。不但拒絕中國傳統，也拒絕西洋傳統。《現代詩》創刊號〈宣言〉中有一段話強調：

> 凡是販賣西洋古董到中國市場上來冒充新的，例如用中文效顰商籟體，我們也一概拒絕接受。在我們看來，就連拜倫雪萊濟慈華茲華斯哥爾利治等等，也已老遠地老遠地成為過去了。我們不要！[8]

---

[7]　見「社論一〈新與舊・詩情與詩想〉」，《現代詩》詩刊第十八期，46年5月20日，頁2。

[8]　參見《現代詩》詩刊春季號第一期，42年2月1日，頁1。

總之，舉凡中國或西洋傳統詩中的題材、抒情、精神、典故、押韻等等，一概拒絕。

現代派以紀弦為領導中心，設立包括紀弦在內的九人籌備委員會，其餘八人為葉泥、鄭愁予、羅行、楊允達、林泠、小英、季紅、林亨泰。儘管成員眾多，但是六大信條及諸多社論等指導原則、方針，泰半出自季弦之手，換言之，紀弦以一己之詩觀來作為現代派之中心思想，其他同仁未必贊同。更何況紀弦之立論往往不夠踏實，出現不少漏洞，且言行不一，同仁中反對者必定不少，關於這點，容後詳論。

數十年來，某些詩人或詩論家企圖為紀弦當年所犯的過失脫罪，林亨泰〈中國詩的傳統〉一文即曾為六大信條的第一條「我們是有所揚棄並發揚光人地包容了自波特萊爾以降一切新興詩派之精神與要素的現代派之一群。」中的「我們是有所揚棄並發揚光大地」這一句話強作解釋，筆者認為這句話可能意含發揚光大西方新詩，然而林先生卻曲解成下列的說法：

註釋（一）：紀弦的這一句話，在消極方面，即意味若「傳統」的繼承，在積極方面，即意味著「新」的開拓。

註釋（二）：「現代主義即中國主義」——這就是在本文中我所要強調的一點，那麼，紀弦在積極方面，也就意味著「傳統」的繼承，而且是廣義的繼承。[9]

---

[9] 林亨泰，〈中國詩的傳統〉，《現代詩》詩刊，46年12月，頁34。

羅青也曾為紀弦的反傳統美言幾句：

> 他對中國傳統的認識不多，但也還沒有大膽到要整個拋棄傳
> 統的地步。他只是要除去五四以來新詩中的「新傳統」（主
> 要是指濫情式的浪漫主義）而已，⋯⋯。[10]

我認為林亨泰、羅青的說法皆缺乏證據，不但企圖掩飾紀弦的
缺疵，還頌揚之，實有欠公允。我不想探究紀弦於五十年代以後的
詩觀有何轉變，我只知道根據五十年代的《現代詩》詩刊及文獻，
紀弦的詩論的確出現不少謬誤，乃毋庸置疑的。

熟悉台灣現代詩史者都知道五十年代覃子豪、黃用、余光中
等人曾撰文抨擊現代主義，認為其精神乃是反傳統、切斷傳統。尤
其「藍星詩社」某些同仁為發揚光大中國傳統而與「現代派」展開
激烈的筆戰。身為中國傳統、古典的支持者，「藍星詩社」諸多社
員的詩作具有古典色彩、風貌，如余光中、葉珊、周夢蝶等人的詩
作，從內容、題材、抒情、押韻、用典及語言上來看，中國古典風
味十分濃厚。

新詩具有中國古典色彩，並不值得排斥，也不值得大驚小怪，
然而在標榜反中國傳統的「現代派」成員的詩中有此色彩，則引人
注目令人驚訝！詩作與詩論不能配合，顯得怪異、矛盾！

根據筆者調查，「現代派」詩人群中許多人的作品並未反傳
統，並未作「橫的移植」，反而從事「縱的繼承」，以目前流行的
話而言，這是一種「顛覆」！

---

[10] 羅青，〈銀山拍浪的氣象〉，收入羅青，《詩的風向球》（台北：爾雅出版社，83年
8月20日），頁150。

〈現代派信條釋義〉分「前言」及「釋義」兩部份，其「前言」云：

> 現代派詩人群，除了忠於現代派的信條之外，……[11]

這是一個「派規」，但是不少「現代派」詩人實未遵守這項規定。誠如古繼堂所言：

> 但是見代詩社作為一個詩人群和詩歌社團，由於缺乏統一的認識和藝術志趣，帶著過多的加盟入股的色彩，缺少連接心靈的紐帶，自成立那天起就過於鬆散。加之紀弦的《六大信條》並不是經過所有盟員或大多數盟員共同制定或成討論表決通過的，基本上是紀弦自己的詩觀和藝術趣味的反映，因而對大家只有影響力，而無約束力，基本上沒有起到盟綱的作用。[12]

觀點相當正確。信條、宣言、社論、口號是一回事，創作則是另一回事，有些人並未聽從領導者的指揮前進，更有甚者，背道而馳。「現代派」詩人作品中，傳統的香火處處可見，詩才是證物，理論有時不可信，故本文以「現代派」詩人作品為主要證據，兼及「現代詩」詩刊上非現代派同仁的詩作。

本文以五十年代的現代派為研究對象，亦即民國39年至48年的現代派詩刊及其同仁作品，才是我所關心的。現代派雖然於45年1

---

[11] 紀弦，〈現代派信條釋義〉《現代詩》詩刊第十三期，45年2月1日，頁4。
[12] 古繼堂，《台灣新詩發展史》（台北：文史哲出版社，78年7月），頁122。

月15日下午假台北市民眾團體活動中心舉行成立儀式，但《現代詩》詩刊早已於42年2月創刊，該詩刊於53年2月停刊，前後發行整整十一年，計出四十五期。基於本文題目的限制，49年起，至53年2月的四年餘，不在研究範圍之內，因為那段期間係屬六十年代。起步之初的七年，共出版詩刊二十三期，是我取材的主要對象。此外，亦採用《中國新詩選輯》、《中國詩選》、《十年詩選》《六十年代詩選〉[13]及現代派同仁於五十年代推出的詩集。在進入正題之前，先作上述說明，另外必須再強調的是，現代派既不要西洋傳統詩，亦不歡迎中國傳統詩，而本文所欲探究的傳統、古典是專指中國的而言，與西洋無關。以下就分內容及形式兩項分析。

一、內容

五十年代現代派中的古典，於內容方面，又可區分為題材、抒情、精神、題目和典故五小類加以探討。

（一）題材

現代派同仁以鄭愁予、林泠、羊令野三人詩中古典題材最常見。所謂現代派同仁，主要指45年2月1日出版的《現代詩》第十三期所刊的「現代派詩人群第一批名單」八十三人，及同年4月30日《現代詩》第十四期所登的「第二批名單」十九位[14]。

---

[13] 《中國新詩選輯》（創世紀詩刊社，45年1月1日）。《中國詩選》（大業書局，68年9月）。《十年詩選》（明華書局，49年5月）。《六十年代詩選》（大業書局，50年1月初版）。《六十年代詩選》一書所收錄的詩多為五十年代作品，書名應為《五十年代詩選》。

[14] 現代派詩人群第一批名單：丁穎、丁文智、于而、小英、方思、王容、王牌、王璞、王裕槐、史伍、世紀、田湜、白萩、古之紅、田毓祿、沉宇、李冰、沙牧、李莎、

鄭愁予既是現代派第一屆年會之籌備委員會委員之一，也是該派重量級人物，然而他的詩往往反六大信條而行，單以題材這類來考察，便知此言信不誣也。如鄭愁予〈知風草〉、〈野店〉、〈殘堡〉、〈梵音〉、〈情婦〉、〈厝骨塔〉等詩即遣用古典材料。以下順手將另外三首詩的材料列表，讀者一閱即知，勝於雄辯：

題目	題材
藍窗	窗帷、流蘇、磬聲、鐸聲、小院、千年慧根、水巷
客來小城	臨幸這小城、舊城樓、客來小城、巷閭寂靜、銅環
錯誤	江南、寂寞的城、青石的街道、春帷、達達的馬蹄

三首詩中的這些材料、意象，組合成三個古典的世界。有關這方面的例子，在鄭愁予的作品中尚夥，無法一一臚列。鄭愁予曾經在接受沙笛的訪問時言及其詩受古典文學影響，當沙笛問起「中國文學──特別是詩、詞、曲對您有哪些影響？」，鄭愁予作了以下的回答：

> 理論上倒沒有多大影響，我從未想過要將古典文學的某些辭句，運用至自己的作品當中。那些對我影響最深遠的，可能是性靈和情操和從文化中產生的境界，這就包括散文甚至小說在內。

巫寧、辛鬱、吳永生、吹黑明、吳慕適、阿予、邱平、青木、林泠、季紅、亞倫、依娜、秀陶、林亨泰、金鈴子、紀弦、思秋、春暉、風遲、胡德根、流沙、秦松、夏秋、唐突、徐礦、孫家駿、唐劍霞、彩羽、張航、曹陽、梅新、麥穗、尉天驄、黃仲琮、張秀亞、張拓燕、陳奇萍、黃荷生、陳瑞拱、陳錦標、傅越、舒蘭、蜀弓、葉泥、楊允達、蓉子、綠浪、銀喜子、劉布、黎冰、蓮松、德星、魯蛟、魯聰、蔡淇津、鄭愁予、盧弋、靜予、錦連、戰鴻、謝烱、羅行、羅門、羅馬。第二批名單列後：小凡、平沙、余玉書、李漢龍、林野、姑子律、星辰、奎旻、馬朗、涂大成、張為軍、曹繼曾、項傑、楓堤、蔣篤帆、薛志行、薛柏谷、蘆沙、蘇美怡。

我幼年正值抗戰，只在鄉下讀過私塾，所接受的教育，僅僅侷限於不理解的四書、五經等等。……我就專找些詩詞看著玩。不知文學是要研究的。後來逃難，住在伯父家裡，一位堂兄他手抄了好幾本名家的散文和詩；卻對我的啟蒙作用很大。至於我的作品中為何現出古典？主要是能夠使作品更好。表現詩想有很多通道，其中之一是「趣味」：古典素材在新詩中所擔當的任務，是「趣味」和通道，而非詩的真正企圖。[15]

詩人現身說法，這第一手資料提供很多線索給我們，十分可貴，明乎此，對於鄭愁予詩的題材、抒情、精神、題目、押韻、語言方面有與中國古典文學匯通之處，便會覺得理所當然耳。

林泠也是現代派台柱之一，亦擔任九人籌備委員會成員，十幾歲即以《四方城》這一輯詩震動文壇。她的〈阡陌〉、〈未竟之渡〉等詩的題材染有古典色彩。而羊令野（黃仲琮）的新詩在形式、內容上均頗受中國古典文學沾溉，此乃由於羊令野舊學基礎深厚，且舊詩創作水準甚高之故。不過，在五十年代《現代詩》詩刊中所見的他的新詩作品，並未含有古典風貌。筆者翻閱他的《貝葉》詩集[16]，確有許多詩篇遣用古典題材，可惜詩末均未標明發表年月，不知何首為五十年代所作，故不舉例。

其他同仁如辛鬱〈渡口〉一詩，刊於《現代詩》第二十三期，其素材如擺渡船、酒帘、梵鐘等，即呈現一個古典的天地。

根據筆者確實掌握的資料看來，五十年代現代派中，最常用古

---

[15] 沙笛，〈在傳奇的舞台上〉修訂稿，《現代詩》復刊第十期，76年5月，頁45。
[16] 羊令野，《貝葉》（南北笛詩刊社，57年10月）。

典題材，且運用得圓熟的詩人，首推鄭愁予。身為現代派健將，他竟視「六大信條」若無睹，可說是異端，不知是否令現代派感到難堪？

（二）抒情

現代派對新詩中的抒情，有相當奇特的見解，向明〈古今多少詩，盡付笑談中！〉一文曾敘及：

> 現代派強調主知，打倒抒情主義，甚至認為如果有首詩竟有了百分之六十以上的抒情，就是要打倒的「抒情主義的詩」，祇有「抒情」分量百分之四十以下的詩才算是主知主義的作品。[17]

至於百分之六十到底如何測定？現代派並未說明。現代派反抒情的信心，與反傳統一樣堅定，他們始終認為抒情是傳統的，紀弦曾說過：

> 傳統詩是情緒的作用；現代詩是情緒的反作用。[18]

《現代詩》詩刊所登的詩篇，非「情緒的反作用」，亦即非「知性」者俯拾皆是，「情緒的作用」，亦即「感性」到處可見，不知現代派如何自圓其說？中國傳統詩大體而言具有抒情傳統，但並非清一色「情緒的作用」，以知性、理性為特色的宋詩即為明證。我並不贊成凡抒情便是古典、傳統的論點，而本文將抒情包含

---

[17]　向明，〈古今多少詩，盡付笑談中！〉，《文星雜誌》，1988年1月，頁145。
[18]　紀弦，〈新現代主義之全貌〉，《現代詩》詩刊第二四、二五、二六合期，49年6月1日，頁28。

在古典中，乃是順應現代派的論點，這是必須聲明的。

　　現代派詩人作品富有感性、情緒者比比皆是，如鄭愁予〈園丁的女兒〉、〈如霧起時〉、〈補白〉、〈小站之站〉、〈錯誤〉、〈賦別〉、〈情婦〉等詩。〈錯誤〉、〈賦別〉、〈情婦〉三首乃膾炙人口的名篇，茲僅舉四十六年寫的〈小站之站〉為例：

> 兩列車相迫于一小站，是夜央後四時
> 兩列車的兩列小窗有許多是對著的
> 偶有人落下百葉扉，辨不出這是哪一個所在
> 這是一個小站……
>
> 會不會有兩個人同落小窗相對
> 啊，竟是久違的童侶
> 在同向黎明而反向的路上碰到了
> 但是，風雨隔絕的十二月，臘末的夜寒深重
> 而且，言年代一如旅人的夢是無驚喜的

　　童年的玩伴，睽違多年，竟在小站巧遇，竟只能在各自的車上窗口相看無言，然後又分道揚鑣，詩中流露淡淡的感傷和惆悵。這種感情的表達不但不該「唾棄」，反而應鼓勵！

　　與鄭愁予同屬抒情詩人的林泠，於五十年代也發表不少真情流露之作，〈阡陌〉、〈送行〉、〈紫色與紫色的〉、〈微悟〉等詩即是，其發表在《現代詩》詩刊第十八期的〈微悟〉，描寫纏綿排側的愛情，是「為一個賭徒而寫」：

在你的胸臆，蒙的卡羅的夜啊

我愛的那人正烤著火

他拾來的松枝不夠燃燒，蒙的卡羅的夜

　　他要去了我的髮

　　　　我的脊骨……

　　真是一首動人心絃，精緻可愛的小品。此詩「抒情」分量佔百分之四十以下嗎？

　　現代派另一位女同仁蓉子，亦以抒情見長，她的詩泰半充滿感性，如《現代詩》詩刊第十二期上那首〈啊！愛我〉，抒情成分絕對超過百分之六十。同仁中，抒情詩尚有不少，如梅新〈懷絹絹〉、楊允達〈致月下美人〉與〈問〉、李莎〈給念慈〉與〈題照〉、王牌〈思念〉、戰鴻〈思念〉與〈詩〉、王璞〈距離〉等，不勝枚舉。這些詩倘若出自於主張抒情的「藍星詩社」同仁手中，不足為奇，但出自革抒情的命的「現代派」同仁筆下，令人駕訝！現代派何以如此？瘂弦曾對現代派詩人未遵行六大信條的原因作了簡要地分析：「其實，這些信條也不具什麼約束力，大家也沒當真去實踐。」[19]這的確是一個因素，此外尚有諸多原因，譬如自古至今，純文學創作往往無法避免感性、抒情。硬逼詩篇「重知性」，則強人所難。

　　最令人感到疑惑的是，領導者紀弦許多作品是標準抒情主義的，有些詩甚至濫情，〈我要到南部去〉、〈花蓮港狂想曲〉等

---

[19]　瘂弦語，見〈現代主義：國際與本土〉座談會記錄，《現代詩》復刊第二十二期，1994年8月，頁5。

詩，百分之百抒情，徹頭徹尾感性，對於此一創作與理論格格不入的現象，不知紀弦作何解釋？足見「舊的方法是抒情的，新的方法是主知的」[20]這兩句話並不完全可信。紀弦往往在遭受他人指責時，不肯認錯，過則憚改。他曾寫過很感性的〈罵賊篇〉，是一首格律詩，當年余光中以此詩為例批判紀弦，紀弦老羞成怒地反駁：

> 余光中先生的記憶力實在是令人欽佩，數年前被收入《百家文》中的我的那篇〈罵賊篇〉，他竟然還記得，而且就以此為例，來證明我的曾經寫過格律詩，這實在可說是他對我的全部反勢中最尖刻最惡毒的一手。但我認為既不僅不是什麼格律詩，而且也算不得「情感之告白」的歌，還是只是一種宣傳品而已，宣傳品就是要像這樣寫的。為了政治上的目的，像這類反共抗俄的宣傳品，我是常常寫的。[21]

除非〈罵賊篇〉不是紀弦的作品，否則上引紀弦的話可謂狡辯也。其實不只政治詩，其他紀弦的詩作亦多熱情奔放，這些詩作應不是「宣傳品」吧。領導者自己不能實踐理論，以創作達成中心思想，則其同仁未奉理論為圭臬，自是難免的事。

現代派同仁羅門在〈一些往事與感想〉一文中述及他對強調「知性」而排斥「抒情」的看法：

> 至於我個人雖也曾在「知性」與「感性」這個問題上，覺得紀弦先生強調「知性」，有過於排斥「抒情」的傾向，表示

---

[20] 〈從「形式」至「方法」〉，《現代詩》詩刊第十四期，頁41。
[21] 紀弦，〈一個陳腐的問題〉，《現代詩》詩刊第二十二期，47年12月20日，頁2。

意見，一是因紀弦先生本人浪漫情緒相當濃厚，他不少詩，在當時也相當抒情；一是因詩不可能完全沒有「抒情」。所以當時便很直率的同紀弦先生，在「知性」與「感性」的問題上，有過一些論辯。[22]

這一段往事與感想？非常珍貴，從而可見同仁反對記弦的「主知」之一斑，同時可證筆者上述的斥責絕非無的放矢。

即使不舉現代派同仁作品為證，非現代派同仁而作品出現於《現代詩》詩刊者，亦多走抒情路線，公孫嬿〈畫意寄詩情〉、張自英〈訴〉、李政乃〈初愁〉與〈神門外〉、何方〈致某女郎〉等詩篇，皆熱情洋溢，嚴重違反現代派宗旨，為何刊登於《現代詩》詩刊？令人百思不解。

非現代派同仁中，葉珊的作品抒情色彩濃厚，他的詩屢見於《現代派》詩刊，如〈你的面龐〉、〈番石榴〉、〈冬雨〉、〈劫掠者〉、〈黑衣人〉、〈摺扇〉等，均沒有「排斥情緒之告白」，茲舉發表於第二十二期的〈冬雨〉為例，以證筆者所言並非杜撰：

> 在路上啊！我看到雨打海上回來，像一個
> 懷鄉症太重而醉醺醺的水手，
> 冬天的雨，摧我拉窗遠望，
> 只因樹已枯老，樓臺淒冷已久，
> 　　只因星子都明明地病了，
> 　　弱得不敢到天河汲水哪！……

---

[22] 羅門，〈一些往事與嚴想〉，《現代詩》復刊第二十期，1993年7月，頁30。

有時，冬天的雨是撐住霧的，

唉！你的家在那里……

天上的人也戀愛嗎？像我們般的

有些約會，和情話。

此詩毫無「知性」成分，為什麼高喊「知性之強調」的詩刊會採用？第十三期上有〈戰鬥的第四年，新詩的再革命〉一文鄭重聲明：

外稿佳作雖仍採用，但是路線和我們兩樣的，請勿貿然投寄。過去不免登了一些「人情稿子」，今後對於任何方面不再敷衍。乾脆、單純、有立場，看詩而不看人，這就是本刊過去做得不夠澈底而今後必須堅持的新作風。[23]

這項編輯方針十分明確，說得很堅決。可惜第十三期之後，仍刊登大量的抒情作品，不僅此也，在題材、精神、押韻、語言等方面違背編輯方針的詩作亦紛紛錄用，充分顯示現代派失去立場，毫未堅持原則。說歸說，做歸做，嘴巴說排斥「浪漫主義」，雙手卻擁抱「浪漫主義」。理論本身是否正確？同仁之創作或者所刊登的非同仁之作品是否符合理論？都值得懷疑。經過筆者對詩所做的調查，事實勝於雄辯，詩作與編輯原則、現代派詩觀南轅北轍。筆者只看詩作本身，它是最重要、最可靠的第一手資料！理論說得冠冕堂皇又有何益？

現代派並非完全沒有積極實踐「知性之強調」的詩人，如林亨

---

[23] 紀弦，〈現代派信條釋義〉《現代詩》詩刊第十三期，45年2月1日，頁5。

泰、黃荷生等人。前者為九人籌備委員會委員，亦為現代派要角；後者自《現代詩》詩刊第二十二期起接替紀弦之職務，繼任主編。但林、黃二氏所寫的「主知」的詩，有些很難理解、詮釋。走筆至此，使我聯想起現代派努力強調新的「主知」、排斥舊的「抒情」，著實為當年詩壇帶來一些弊端，關於此，向明曾扼要而明確地剖析：

> 這樣的強調，很多盲目追求現代感的人，為了拿不住準頭，怕在詩中洩露感情，招來抒情之譏，因而一味不必要的壓抑自己抒情的本能。再加上存在主義和弗洛依德潛意識感的雙重導引，把本來應該適度宣洩的感情，一絲不露的祕藏起來，使詩變得冷漠如冰，缺少人氣；使得讀者更加不敢接近詩，詩人的孤絕感更加嚴重。這種發展深深影響到六十年代的詩，以後七十年代關傑明和唐文標對現代詩的嚴厲批判，以及後來鄉土文學的提出，無不是五〇年代部分現代詩離譜太過的一種反動。[24]

（三）精神

這裡所謂精神有特殊意旨，包括主旨、意境、風貌、氣氛、味道等。中國古典、傳統精神，在現代派同仁作品及《現代詩》詩刊中屢見不鮮，此與現代派立場、宗旨迥異的情況，形成一大嘲弄。前引〈戰鬥的第四年，新詩的再革命〉一文指出：

> 而我們的理論之要點，歸納起來，則有下列之三綱……第三、現代的詩素、詩精神之追求，換言之，詩的新大陸之發

---

[24] 向明，〈古今多少詩，盡付笑談中！〉，《文星雜誌》，1988年1月，頁145。

見，詩的新天地之開闢。正因為境界之新，意味之新，舊的手法不能表現，所以才以新的表現手法為必要；……。

在高談追求素質、精神的現代的同時，現代派鄙視精神上的古典。可是說一套，做一套，幾位具有影響力的現代派同仁的詩往往植恨於中國傳統精神。鄭愁予著名的數首詩〈錯誤〉、〈情婦〉、〈天窗〉等，便富有中國古典精神，已成為詩壇公認的事實，茲不贅述。此外如他的〈偈〉、〈殘堡〉、〈度牒〉、〈梵音〉、〈藍窗〉、〈知風草〉等詩篇所營造的傳統意境、氛圍，委實迷人。茲僅舉〈梵音〉一詩為證：

雲遊了三千歲月
終將雲履脫在最西的峰上
而門掩著　歐環有指音錯落
是誰歸來　在前階
是誰沿著每顆星托鉢歸來
乃聞一腔蒼古的男聲
在引磬的丁零中響起

反正已還山門　且遲些個進去
且念一些渡　一些欽　一些啄
且返身再觀照
那六乘以七的世界
（啊　鐘鼓　四十二字妙陀羅）
昔日的晚課在拈香中開始

隨木魚游出舌底蓮花

我的靈魂

不即不離

　　這首詩作於四十六年，無論就主旨、意境、風貌、氣氛、味道
等角度來看，皆呈現清靜、典雅、空靈的一面。鄭愁予以一些意象
建構了一個中國傳統的天地，兼而包含佛教至高的境界。

　　鄭愁予自己承認受到中國古典文學、文化、素材的影響，這點
已見於前引沙笛之訪問記錄中。古繼堂《台灣新詩發展史》也引了
一段鄭愁予夫子自道：

> 我不管你這個現代詩是中國的現代詩，還是西方技巧的產
> 物，關鍵還是在寫詩的人，有沒有把中國傳統的精神放在詩
> 裏。如果沒有的話，你就是完全用五言七言古詩的形式去
> 寫，而你所表現的，不是中國傳統的東西，這不一定能講是
> 中國詩。……現在的許多所謂現代詩，沒有中國傳統的東
> 西。我能說這句話，因為許多人認為我是最具傳統精神的一
> 個寫詩的人。所以我說這句話應該是很誠實的，沒有任何的
> 矯情。[25]

　　鄭愁予之外，在同仁林泠〈未竟之渡〉、〈菩提樹〉、〈阡
陌〉、〈星圖〉及辛鬱〈渡口〉、孫家駿〈征〉等詩中，均可找到
中國古典精神。他們對於現代派信條、〈現代詩〉詩刊社論以及龍

---

25 古繼堂，《台灣新詩發展史》（台北：文史哲出版社，78年7月），頁145。

頭老大紀弦的詩觀，並未點頭贊同，反而造成一種反動！

　　以上為有關現代派同仁的部分，但未言及羊令野，蓋羊令野的作品無法分辨何者寫於五十年代，何者係六十年代所作，故略而不論。

　　非同仁的作品，如公孫嬿〈如夢令〉、葉珊〈黑衣人〉及〈你的面龐〉等詩作都具有傳統精神，限於篇幅，恕不引詩為證。

（四）題目

　　即使從詩題亦可看出中國古典的影子。在大力提倡「現代」的現代派同仁詩作中，倒是比較常見有古典風味的題目，反而非同仁的詩作（限刊於《現代詩》詩刊者），較少出現題目帶有中國古典色彩的，足證「現代派」的古典化，無處不在。

　　最奇怪的是，高舉反傳統之大纛的紀弦竟有〈未濟之一〉、〈戀人之目〉等具有古典氣息的詩題。而深受傳統濡染的鄭愁予，其詩題當然難免有古風，如〈刺客〉、〈捲簾格〉、〈殘堡〉、〈梵音〉、〈傴〉、〈度牒〉、〈賦別〉等。林泠則有〈未竟之渡〉、〈女牆〉二首詩的題目頗具古味，此外如馬朗〈春去也〉、孫家駿〈北向吟稿〉等詩題，絕無「現代化」現象。上述乃現代派同仁的狀況簡介。

　　非同仁的公孫嬿的〈如夢令〉、鍾雷的〈短劍吟〉、路平的〈古琴抄〉等詩題，皆與中國古典有血源關係也。

　　以上所列詩題顯然與紀弦〈喫板烟的精神分析學〉及（7與6）、季紅〈世紀病〉、方莘〈死亡的階梯〉、吳瀛濤〈原子之夢〉、彩羽〈愛人，朋友〉等題目，截然不同，何者為古典？何者屬於現代？一望即知。

　　現代派是否言行一致？從詩題亦能管窺一斑。

（五）典故

　　現代派一心一意「西化」，已經到了使用典故都「西化」的地步。如奎旻〈旋律〉一詩某段：

　　　哦！貝多芬的旋律飛揚了
　　　熱情如火
　　　如普羅米修士的熊熊的火炬
　　　照亮了人間

　　舒蘭與奎旻均為現代派同仁，其〈我〉詩中有兩句：

　　　做著「仲夏夜之手」的，
　　　　　　　　　　　　那是我

　　而紀弦詩中亦常見西洋典故，〈月夜〉一詩有句「如史芬克斯的神秘」即是。非同仁的覃子豪亦有詩刊於《現代詩》詩刊，其〈山〉一詩也運用西洋典故：

　　　你是所羅門王，大衛王，凱撒，亞歷山大？

　　雖然如此，但是新詩很難切斷中國傳統的臍帶，也就是難免遣用中國的典故。

　　何謂典故？朱自清〈唐詩三百首讀法指導〉一文說：

典故只是故事的意思。這所謂故事包羅的卻很廣大。經史子集等等可以說都是的；不過詩文裏引用，總以常見的和易知的為主。典故有一部分原是事物的比喻，有一部分是事跡，另一部分是成辭。[26]

現代派詩人中運用中國典故的現象，平心而言，並不像上述出現抒情、傳統精神的現象繁多，但例子也有一些。主將紀弦即常遣用典故，他的〈要的和不要的〉一詩開頭即引錄孟子名言，在第一句詩之前：

孟子曰：「羞惡之心，人皆有之。」

另外此詩首段亦運用了杜牧〈泊秦淮〉中的詩句：

關上那無線電收音機吧，賢妻啊！
它使我的聽覺羞恥，因為那些是
不知亡國恨的商女唱的後庭花啊。

而在〈異端的出發式〉一詩裡則引用至聖先師的話：

但我不屬於他，我不曉得。
孔子說：「是知也。」

---

[26] 朱自清，〈唐詩三百首讀法指導〉，收入《朱自清古典文學論集》（台北：源流出版社，71年5月），頁367。

再者，其〈飲酒詩〉引用岳飛的詞句：

　　啊啊，你看不看見你孩子的
　　咬牙切齒，怒髮衝冠！

　　用典功用不少，既可增添作品之內涵，亦可收簡潔之效，紀弦應該了解這種傳統不能廢除，大概知道古典之優點吧。同仁鄭愁予〈結語〉一詩則引用宋詞：

　　二十餘年成一夢
　　此身雖在堪驚！

　　此詩作於民國四十一年，詩中直接引用宋代詞家陳與義〈臨江仙〉的詞句，不過有一字誤引，「成」字應為「如」才是。同仁季紅，亦參與九人籌備委員會，其〈論據〉一詩活用《論語》的句子：

　　君子坦蕩蕩，如彼。
　　你常戚戚，沉思的詩人有禍了⋯⋯

同仁胡德根〈太武山〉一詩亦引用舊文學：

　　「青山有幸埋忠骨」
　　紫霞飋飋旗飄揚

杭州西湖岳飛墳上有對聯，上聯即為「青山有幸埋忠骨」，下聯則是「白鐵無辜鑄佞臣」，諷刺秦檜。此對聯係松江女史所撰。上述用典均屬於「成辭」的引用（亦即「用語」），而非「事跡」之引用（亦即「用事」）。前引〈現代詩的特色〉一文，紀弦曾表示古人說過的、古人用過的，現代詩均不再說、不再用，結果照說、照用不誤。

根據筆者檢查，非現代派同仁而詩披露於《現代詩》詩刊的，極少遣用典故。不知口口聲聲要割斷傳統血脈的「現代派」，當年是否發現這怪異的現象？

二、形式

內容在文學作品中之重要性佔一半，而形式也佔二分之一的地位。形式包括結構、技巧、用韻、語言等類。以下將觸及現代派中的古典，但僅針對押韻、語言兩類分析，首先分析押韻的現象。

（一）押韻

胡適在民國初年推展詩體解放運動，在形式上，他打破了五言七言的格式、平仄及押韻。對於押韻之廢除，他的看法頗有彈性：一、用現代的韻，不拘古韻。二、平仄可以互相押韻。三、無韻也不妨。

雖然他表示無韻也不妨，雖然他主張廢除押韻，然而從其《嘗試集》、《嘗試後集》兩本詩集看來，他對韻腳仍很注意，這也符合他的主張——用現代的韻。

胡適對韻腳的觀點較有包容性，而且合理，而現代派的領航者

紀弦則力主廢除押韻，態度堅決，毫無妥協的餘地。誠如本文開頭所引兩篇論述中的兩段話，現代派強烈排斥韻文、押韻，類似的見解，現代派再三致意：

> 就連大多數寫詩的青年朋友，甚至還不明瞭新詩到底是甚麼，要怎樣才能算是新詩。……有的是死抱住十八世紀的「韻文即詩觀」，專門在「韻腳」上做詩人的「可哼的小調」……。[27]

> 我們對於「新詩要不要押韻」這一個天真的，原始的問題之答案是：「韻文即詩觀」之死刑的宣判；「格律至上主義」之根本的打倒。[28]

現代派厭惡押韻的例證尚有不少，這裡不再一一臚列。根據諸多例證看來，現代派將押韻視為古典詩的專利，甚至在押韻與古典詩之間劃上等號，並且一口咬定押韻是阻擋文學自由、前進的障礙，必須剷除！

筆者不認為「韻文即詩」，相信五十年代許多詩人亦頗有同感。從文學史來看，可知韻文不一定即是詩，反之，詩不一定即是韻文。《老子》第四章，即「道沖，而用之或不盈」那章便有押韻的現象，〈莊子‧秋水〉中「然則我何為乎？何不為乎？」那段亦然，但《老子道德經》、《莊子》是道地的散文而非詩。中國最早

---

[27] 紀弦，〈現代派信條釋義〉《現代詩》詩刊第十三期，45年2月1日，頁5。
[28] 〈從「形式」至「方法」〉，《現代詩》詩刊第十四期，頁41。

的詩歌總集《詩經》，卻有不押韻的狀況，如〈頌〉便是。英詩中也有無韻體。

更進一層而言，西洋詩也有押韻的，為何倡導新詩西化、橫的移植的現代派反對押韻？簡直匪夷所思。再者，新詩押韻的現象或受西洋詩沾溉，或從中國古典詩得到敢示，不能鐵口直斷完全受中國古典詩影響。

從以上推論可知，現代派對押韻的看法絕對不合理。

筆者認為新詩可以押韻，不押韻亦無所謂。押了韻的新詩不是落伍的，它也不等於舊詩。進一步而言，押韻固然會產生節奏，這只是節奏產生因素之一，而不押韻的新詩如果經營得當，照樣能產生節奏，簡單舉一例，詩句的節、頓亦為音樂性成因之一。

在舉現代派同仁、非同仁押韻的新詩之前，須先聲明以免不必要的誤解，即筆者不贊同新詩押韻必受中國舊詩影響，而之所以將押韻列入「現代派中的古典」加以討論，無非是順應現代派的論調。

從韻安排的位置而言，可分行末韻和句中韻等；從用韻的方式而言，可分一韻到底、換韻等。另外從別的角度而言，又有不同的分法，例如韻腳有疏、密之分，此與詩之節奏慢、快有顯著的關係。

紀弦〈花蓮港狂想曲〉刊於《現代詩》詩刊第五期，全詩共十三段，起碼有五段有明顯的押韻現象，茲將韻腳標明於下：

第二段：郁、意、底

第三段：著、的

第四段：洋、港

第七段：舞、伏

第八段：港、想

其中第九段，凡四句，則不但叶韻，而且換韻，韻腳為：花、

花、蓮、染，這些現象該不是巧合吧。從此詩不難發現紀弦不特深深明白押韻之益處，同時能活用之。他的〈黃昏〉一詩凡八行，分四段，在偶數句句末押韻：

第一段：窗

第二段：涼

第三段：方

第四段：唱

此詩刊於四十八年三月《現代詩》詩刊，每段兩行，韻腳正好均在每一段最後一字，充分顯示紀弦刻意的安排，紀弦於隔年，即四十九年，撰文如是說：

> 自由詩倒還是有其高級的音樂性的：以散文的音樂代韻文的音樂，以自然節奏與旋律代機械的音步與押韻。[29]

既然紀弦認定不押韻的自由詩之音樂性勝過押韻的韻文，甚至如前面引文所述痛恨押韻，又為何寫押韻的新詩？出爾反爾，孰能信服？

鄭愁予〈船長的獨步〉、〈貝勒維爾〉、〈客來小城〉、〈寄埋葬了的獵人〉等詩亦押韻，〈寄埋葬了的獵人〉一詩分兩大節，其第二大節如下：

> 獵人哪，又是秋天來了！
> 八月的雨水已過，小樓盈盈的雷聲已寂。

---

[29] 紀弦，〈新現代主義之全貌〉，《現代詩》詩刊第二四、二五、二六合期，49年6月1日，頁25。

愛情的那端不再是空盤，
獵人哪，你生命的天平已橫了。

何時你寄回信來，歡迎我去？
在人間廿年的分離，我盼重聚。
我會帶著你底詩集來，你尚未看見的，
我會告訴你，你所惦記的人
長高了，在學校有著好的成績。

仰望著秋天的雲像春天的樹一樣向著高空生長。
朋友們都健康，祇是我想流浪……
你該相信我的騎術吧，獵人！
我正縫製家鄉式的冬裝，便于你的張望。

此大節分三段，其韻腳如下：
第一段：了、了
第二段：去、聚、績
第三段：長、浪、望
顯而易見的，第二、三兩段換韻，與首段韻腳不同，而第二、
三兩段的韻腳復相異，因此予人變化而不刻板之感，其節奏感十分
生動活潑。值得一提者，這三段尚安置行中韻：
第一段：過
第二段：離、你
第三段：康、裝
由於增加這些行中韻，韻腳更密，節奏則更急促、更強烈！

關於用韻之優點、韻腳之疏密及換韻之效用，黃師永武〈談詩的音響〉[30]一文曾有詳細、深入、獨到之闡釋，足供參考。

〈寄埋葬了的獵人〉一詩刊於第十一期《現代詩》詩刊頁八十九，該頁正好刊登一篇〈社論〉強調：「我們認為，新詩必須是自由詩，……不押韻，無格律，……」，無心的版面安排，意外地形成強烈的嘲諷！鄭愁予的詩押韻，當然是刻意經營，有意為之，他在接受沙笛訪問時也不諱言地說：「為了內容需要，我也寫押韻的，……」[31]。

現代派主要角色之一林泠寫詩亦往往押韻，如〈離〉、〈紫色與紫色的〉、〈雲的自剖〉等詩，或局部，或全部，有明顯的叶韻的現象。〈雲的自剖〉共三段，韻腳分佈情況如下：

第一段：居、滴

第二段：起、律、極

第三段：起、滴

全詩十四行，行末有韻腳者佔七行，韻腳不可謂不密也，商禽（羅馬）亦為現代派同仁，他曾經坦誠表示：

> 那個時候紀弦先生在現代詩論著裡一再倡導詩的再革命，不僅要打倒詩的舊格律，更要打倒新格律。我認為林泠並不在乎這些理論，不過林泠詩裡給我有這麼一個感覺，她是一點點革命性都沒有。[32]

---

[30] 〈談詩的音響〉，收入黃永武，《中國詩學——設計篇》（台北：巨流圖書公司，65年10月），頁153—201。

[31] 沙笛，〈在傳奇的舞台上〉修訂稿，《現代詩》復刊第十期，76年5月，頁45。

[32] 〈詩句織就的星圖——林泠作品討論〉，〈現代詩〉復刊第二期，71年10月，頁2。

此外，台柱之一季紅的〈五月的玫瑰〉、〈臉〉等詩，主編黃荷生的〈晚潮〉、〈青山大石柱和我〉等詩，經常為《現代詩》詩刊翻譯西洋詩及詩論的方思的〈窗〉、〈夜禱〉、〈石柱〉等詩，還有同仁梅新的〈海〉、沙牧的〈我的小小的窗口開向藍天和海〉、丁穎的〈杜鵑花〉、辛鬱的〈有贈〉、戰鴻的〈鋼筆〉、李莎的〈向反共義士致敬〉、孫家駿的〈我活著〉、德星的〈醒悟〉、李冰的〈戀歌〉等詩，均運用韻腳來製造節奏。例子實在太多，顯示現代派同仁對押韻頗具好感，他們紛紛選用這種現代派所謂的來自傳統的技巧，等於承認押韻的諸種長處。從某個角度看，所有重要幹部的詩經常押韻，無非是自打耳光！再換另一個角度看，這簡直是一種革命、造反！

　　非現代派同仁而押韻詩發表於《現代詩》詩刊者，如李政乃〈村戀〉、公孫嬿〈向都市的病菌們抗議〉與〈如夢令〉、葉珊〈番石榴〉、墨人〈白髮吟〉、鐘雷〈答牡丹〉等詩，證明了三令五申廢除押韻的《現代詩》詩刊執行不力，無法貫徹編輯方針！

　　相較之下，一味反傳統、反古典的現代派同仁新詩押韻的實例遠比非同仁來得多，當我們了解這些，再來讀《現代詩》詩刊第六期上的這段話，更覺得啼笑皆非：

　　　　詩之所以為詩，正不在於它是有韻律的；尤其是今日吾人所寫的「新」詩，更必須是不押韻和無格律的。否則，不成其為「新」詩。[33]

---

[33]　〈把熱情放到冰箱裏去吧〉，《現代詩》詩刊第六期，43年5月20日，頁43。

「無格律的」，這目標現代派倒是達到了，但是，「不押韻」這點則事與願違。倘若依照上引這段話而言，以上所舉的那些押韻的詩，皆非「新」詩了。

（二）語言

文言，是中國古典文學的主要語言，此乃眾所周知者。在現代派的理念中，當然也是如此。《現代詩》詩刊第十六期曾載〈自反而縮雖千萬人吾往矣〉一文述及此：

> 原來新詩之異於舊詩乃至不新的新詩，不只是在於以口語代文語，以散文代韻文……。[34]

也就是說新詩使用「口語」，舊詩使用「文語」。「口語」即白話，而「文語」即「文言」，《現代詩》詩刊第十四期的〈社論〉說得更清楚：

> 然則，在今天，新舊之分，豈僅是一個用白話一個用文言而已！[35]

在現代派的理念中，新舊詩之區別有數點，如前所言，知性與抒情、自由與格律、散文與韻文、韻腳之有無廢除等，而白話與文言亦為新舊詩相異處之一。這是現代派一貫的觀念。本文介紹現代派中的文言，絕無抨擊該派之意，筆者目的僅在於切合「現代派中的古典」這個主題。蓋文言是古典的。

---

[34] 此引文係〈社論〉中的數句，見《現代詩》詩刊第十六期，46年1月1日，頁2。
[35] 〈從「形式」至「方法」〉，《現代詩》詩刊第十四期，頁41。

平心而論，現代派對於文言，倒頗能接受，《現代詩》詩刊上曾有一篇〈社論〉云：

　　　　在這裏請注意，詩的新舊，不只是口語與文話之分而已；同
　　　　樣是使用白話的，未見得都是新詩。為了表現上的有必要，
　　　　新詩作者不但有權使用方言、俚語、大眾語，而且儘管可以
　　　　使用古字、古詞、古文的句子。[36]

　　既然不排斥文言，所以現代派同仁作品中出現文語或文言，無可厚非，亦不足為奇。

　　紀弦〈戀人之目〉一詩乃精美可愛之小品，四行，分兩段，其首段為

　　　　戀人之目：
　　　　黑而且美。

　　此絕非現代口語。最值得一提的是鄭愁予，他不獨在題材、抒情、精神、題目方面輒具中國古典意味，連語言也往往含有古風。現代派同仁中最擅長處理文言的，除了羊令野之外，恐怕非鄭愁予莫屬。他的詩作，如〈崖上〉、〈偈〉、〈定〉、〈落帆〉、〈藍窗〉、〈知風草〉、〈錯誤〉等，或多或少存在著文言句子，限於篇幅，下面只舉三個例子以供參考：

　　　　讓眼之劍光徐徐入鞘，

36　見「社論一〈新與舊‧詩情與詩想〉」，《現代詩》詩刊第十八期，46年5月20日，
　　頁2。

對星天，或是對海，對一往的恨事兒，我瞑目。
宇宙也遺忘我，進去一切，靜靜地，
我更長于永恆，小于一粒微塵。

──〈定〉

何其清冷的月華啊
與我直落懸崖的清冷的眸子
以同樣如玉之身，共游於清冥之上。
這時，在竹林的彼岸
漁唱聲裏，一帆嘎然而落
啊，何其悠悠地如雲之拭鏡

──〈落帆〉

驚蟄如歌，清明似酒，惟我
卻在穀雨的絲中，懶得像一隻蛹了

──〈知風草〉

　　上述詩例皆係節錄，而非原詩全貌。方思的〈夜〉、〈聲音〉等詩也有文白夾雜的情況，茲舉〈夜〉中的兩行為例：「就像緊裏在女郎身段的衣裳，冷風吹來，儀態萬方／就像掩映著剪碎碧空的鳳凰木的池，止水不波，蔭影卻光可鑑人」。文言若在現代詩中妥善運作，能使詩具有精緻、簡鍊之效，亦可使節奏緊湊，以濟白話之舒緩。

　　五十年代《現代詩》詩刊作品中，非同仁的詩而使用文言者，委實少之又少。這種古典語言的影子較常出現在現代派諸君作品裡。必須再提醒一下的是，筆者並未將羊令野列入討論對象，理由已如前述，其實他的語言古典味道極濃郁。

結語

師夷之長技，實非壞事；向西洋詩學習，截他人之長以補己之短，當然是可喜的。我並不認為這是「外國的月亮圓」的媚外心態。反過來說，中國古典文學亦有優點，有可取之處，它更非罪惡的表徵，為何現代派恨之入骨？我認為適可而止地運用中國古典，絕非泥古，絕非抱殘守缺。余光中對古典的運用有真知灼見：

> 我認為：反叛傳統不如利用傳統。狹窄的現代詩人但見傳統與現代之異，不足兩者之同；但見兩者之分，不見兩者之合。對於傳統，一位真正的現代詩人應該知道如何入而復出，出而復入，以至自由出入。[37]

的確，中國古典的月亮亦圓，善用之，有益無害。我一直不明白為何現代派獨厭惡中國或中國古典，而死心塌地熱愛西方或西方現代？現代詩的源頭、養分來自古今中外，只要可取，均不必斷絕任何援助、資源，換言之，不薄今人愛古人，不薄西方愛中國，才是偉大的胸襟，為何現代派只肯定西方現代這個源泉，而否定中國古典的源頭？

綜合上述兩大項七小類的介紹、探討，「縱的繼承」，即中國古典明顯存在於現代派同仁作品中及《現代詩》詩刊裡，此乃千真萬確的事實，不容否認。從內容、形式上觀察，現代派難逃中國

---

[37] 余光中，〈從古典詩到現代詩〉，收入余光中，《掌上雨》（台北：時報出版公司，73年10月20日），頁204，楊牧對現代詩利用古典與余光中同感，參見楊牧，《文學知識》（洪範書店，68年9月），頁3─10。

古典的掌心，乃不刊之論。在題材、抒情、精神、題目、典故、押韻、語言等方面追求古典，現代派同仁有不少人如此，尤其該派要角更是如此。連常撰文鼓吹西化、批駁中國古典的主帥紀弦亦然。在在顯示了創作與理論不能配合，暴露了理論的謬誤，證明了中國古典是不可避免的。到頭來，現代派只落得向明所說的下場：

> 現代派的出現可以說是針對當時率性喊叫的政治詩，浪漫情緒的抒情詩，以及形式僵化的豆腐干體而出現的一種反動。……但始作俑者的紀弦，卻因各方的攻擊，而越來越信心動搖，加之所號召來的詩人，對現代主義的真正精神大多並無深刻認識，無法助其繼續伸張實力，最後至五〇年代末期終於自行宣佈解散現代派。[38]

現代派解散，甚至《現代詩》詩刊於53年被迫宣布停刊的主因不少，向明這段話只透露幾點因素，古繼堂《台灣新詩發展史》一書曾述及其他因素，本文就以古繼堂的這段話作結：

> 這個詩社的成員，在結盟以前既不屬於一個統派，結盟以後又沒有一致的藝術追求，因而它的成立就預告著它的轟轟烈烈的外表哀怨裏潛藏著嚴重的內在危機。紀弦為現代詩社制定的新詩「橫的移植」而非「縱的繼承」的西化方針，在中國的土地上難以扎根。[39]

——發表於「台灣現代詩史研討會」

（文訊雜誌社主辦，84年3月25日）

---

[38] 向明，〈古今多少詩，盡付笑談中！〉，《文星雜誌》，1988年1月，頁145。
[39] 古繼堂，《台灣新詩發展史》（台北：文史哲出版社，78年7月），頁122。

新詩賞析策略

　　一般國文教師批改學生作文，大多就立意、選材、結構、修辭、標點、錯別字等項目評分，我因而想到評估新詩好壞亦應設定一些項目、標準。若某些項目相當重要，則上限分數不妨高一些，例如六、七分；反之，如果是次要者，上限分數降低一些，例如二、三分。根據這一套評分方式來打詩的成績，來賞析詩，比較客觀、公平。一般論斷詩優劣時，往往跳過這些細節，跳過前提，直接提出結論，直接給分，此非但不科學，且流於印象式、武斷。本文擬將新詩賞析、評價的策略細分成十餘項加以論述，冀能建立一套科學、公正、具體而又完整的辦法。以下從內容、形式兩方面討論。為了配合這次會議的主題——新詩教學，本文驢列之新詩，以目前、以前被選入中學國文教材者為主。

一、內容方面

（一）感動

　　欣賞一首詩，有沒有感覺及是否感動？應是最基本的考慮。散文家陳幸蕙談早年讀李義山詩的經驗時表示：

讓我們採取另類讀法，也就是在「懂」一首詩之前，不妨先去「感覺」這首詩吧！畢竟，詩不是數學，「感覺」有時或許比「懂」還更重要。[1]

說的是古典詩的閱讀，其實讀新詩亦宜如此。讀者有「感覺」才能「感動」，詩論家蕭蕭談新詩創作的選材時說：

詩，往往要以「感動」來檢驗「值不值得寫」、「寫得好不好」？……「寫得好不好」──「詩」感動了讀者嗎？[2]

的確，詩人寫詩倘不能先感動自己，如何感動別人？蕭蕭的說法是一般詩人的共識、目標。既然如此，欣賞詩亦不妨「檢驗」作品或作者達到目標否？在「知性」、「理性」的分析之前，「感性」的親近十分重要。

（二）創意

寫作也是一種創造，優秀的作品是高度創造力展現的結果。何謂創造力？陳龍安曾下過精確的定義：

創造力是指個體在支持的環境下結合敏覺、流暢、變通、獨創、精進的特性，透過思考的歷程，對於事物產生分歧性觀點，賦予事物獨特新穎的意義，其結果不但使自己也使別人獲得滿足。[3]

---

[1]　陳幸蕙，〈詩・悅讀・私感覺〉，《明道文藝》第二九五期（2000年10月）。散文家陳幸蕙近幾年也寫新詩賞析的文章，見解深入，有獨到之處。

[2]　蕭蕭：〈為什麼要選擇感動自己的題材呢？〉，《青少年詩話》（台北：爾雅出版社，1989年1月），頁41－42。

[3]　陳龍安：《創造思考教學的理論與實際》（台北，心理出版社，1989年3月增訂三版），頁11。

這裡的創造力與標題之「創意」異名同實。中國道家所謂「反常合道」或詩論家所謂「無理而妙」亦可作為創意之註解。「反常」、「無理」即「對於事物產生分歧性觀點，賦予事物獨特新穎的意義」，而「合道」、「妙」也就是「其結果不但使自己也使別人獲得滿足」之意。必須強調的是，只有「反常」、「無理」猶不足以稱為創意，反之，僅具有「合道」、「妙」的現象亦非創意。一首詩在內容上有無創意？宜從主題、題材等角度來評估。茲舉兩位女詩人的作品加以說明。

　　　　你是那疾馳的箭
　　　　我就是你翎旁的風聲
　　　　你是那負傷的鷹
　　　　我就是撫慰你的月光
　　　　你是那昂然的松
　　　　我就是纏綿的藤蘿
　　　　願
　　　　天
　　　　長
　　　　地
　　　　久
　　　　你永是我的伴侶
　　　　我是你生生世世
　　　　溫柔的妻

　　　　　　　　　　　　　　（席慕蓉〈伴侶〉）

把你的影子加點鹽

醃起來

風乾

老的時候

下酒

（夏宇〈甜蜜的復仇〉）

　　這兩首主題雷同，皆描寫男女至死不渝的情愛，〈伴侶〉的構思及題材均顯得平凡，第二段的意念更是俗不可耐；〈甜蜜的復仇〉則逆向思考，題材亦與眾不同，頗富創意。此處僅針對兩首詩內容是否具創意而言，至於形式上的創意，容後再談。

　　古遠清、章亞昕《心靈的故鄉——與青少年談詩》一書論及寫詩在構思方面須不落俗套，不但要求新，還要講究奇。[4]所謂「不落俗套」、「新」、「奇」，就是創意。既然詩人寫詩應注重構思的創意，因此，讀者欣賞詩正可從構思的創意與否加以考察，看看詩在主題、題材上有沒有令人耳目一新？

（三）風格

　　一般人賞析新詩極少觸及風格的探討，國文教材中關於新詩的賞析亦然，對風格的介紹或三言兩句，或絕口不談。例如翰林出版的《高級中學國文・第四冊》賞析瘂弦〈坤伶〉、〈乞丐〉，以及

---

[4]　古遠清、章亞昕：《心靈的故鄉－與青少年談詩》（台北：業強出版社，1994年6月），頁112－126。

三民書局出版的《高級中學國文・第一冊》賞析鄭愁予〈錯誤〉、蘇紹連〈七尺布〉，均無一語言及該詩之風格。眾所周知，一首詩或一個詩人之所以引人注目、頗受好評，原因不少，擁有獨特的面貌即其一，故賞析詩豈可輕忽風格？

　　風格如何形成？大體而言，形成因素可分主觀和客觀兩種。前者包括「作者的個性和氣質，文化藝術修養水準，對現實生活的態度，豐富的思想感情，認真的創作態度和作者獨特的藝術才能等六個方面。」[5]而後者指歷史時代、社會、環境、師承關係、民族風尚、地方色彩等[6]。若欲詳細分析一首詩的風格成因，必須涉及諸多層面，此非本文篇幅所能容許，以下僅作簡要之分析，僅針對感情、思想、材料等數項成因加以分析。具有雄偉或豪放風格的詩作，材料大多是巨大的，而主題，無論是感情或思想，往往屬於昂揚的，曾被選入國中國文教材中的王志健〈一隻白鳥〉不失為佳證。

　　　太陽從山巔昇起，
　　　展開在無涯際的海面。

　　　一位白鳥，
　　　貼著翅子像背著雙手，
　　　從金色陽光下走過；
　　　他踱來踱去，
　　　選定了一個適當地方，
　　　面海而佇立。

---

[5]　楊成鑒：《中國詩詞風格研究》（台北：紅葉文化事業，1995年12月），頁37。
[6]　楊成鑒：《中國詩詞風格研究》（台北：紅葉文化事業，1995年12月），頁37。

海上閃爍波光，
早潮舐著沙灘。

小小的他，
只專心地瞭望著
遠方。
他看到了什麼？
渴望的藍色的眼睛，
脈脈地　凝視出神；
他的眼睛把夢想燃亮，
燦美如星。

熱血亦如踴躍的旭日，
凌空而飛騰，
他毫不猶豫，
展開那長帆似的雙翼，
微微向上傾斜，
在藍空滑行；
一瞬間　翻出雲端，
向遠天逸去。

　　此詩材料如太陽、山巔、無涯際的海面、海、沙灘、遠方、旭
日、凌空而飛騰、藍空、雲端、遠天等，均為巨大、廣袤者。其情
感是振奮、激昂、熱烈的，且具有筆直上升的精神，因此塑造了雄
偉之風。與此詩風格相反者，如徐志摩〈再別康橋〉：

輕輕的我走了，

　　正如我輕輕的來；

我輕輕的招手，

　　作別西天的雲彩。

那河畔的金柳，

　　是夕陽中的新娘；

波光裏的艷影，

　　在我的心頭蕩漾。

軟泥上的青荇，

　　油油的在水底招搖；

在康河的柔波裏，

　　我甘心做一條水草！

那榆蔭下的一潭，

　　不是清泉，是天上虹。

揉碎在浮藻間，

　　沉澱著彩虹似的夢。

尋夢？撐一支長篙，

　　向青草更青處漫溯，

滿載一船星輝，

　　在星輝斑斕裏放歌。

但我不能放歌，
　　悄悄是別離的笙簫；
夏蟲也為我沈默，
　　沈默是今晚的康橋！

悄悄的我走了，
　　正如我悄悄的來；
我揮一揮衣袖，
　　不帶走一片雲彩。

　　從內容，亦即從主題、題材兩項調查，不難了解此詩風格特色。作者重返康橋，愉悅中含著旋將別離的惆悵，這是主題，詩中情緒不論是愉悅還是惆悵，皆非強烈的那種。至於題材，如雲彩、金柳、新娘、波光、軟泥、柔波、水草、浮藻、彩虹、夏蟲、衣袖等，都屬於柔弱、細小、輕盈的，再加上「輕輕的」、「悄悄的」等形容詞、副詞出現數次，故形成婉約、陰柔的風格。

　　總之，欣賞詩亦須觀察其風格為何？如何形成？詩中有無與風格不相襯的情思、材料？

二、形式方面

　　一篇文學作品中，內容與形式同等重要。倘若要為一首詩打分數，評量成績之高下，內容總分應占五十分，形式亦然。準此而言，上述感動、創意、風格三項合計五十分，如果評分者看重創

意，則此項分數之上限不妨高一些，若認為風格宜優先考量，則該項上限可調高一些，創意一項的上限應相對地降低。依此類推，形式方面的各項可望在這種理性、公正的評分方式下獲致應得的分數。

　　所謂形式，包括結構、斷句、分行、修辭、文法、押韻等。接著探討形式方面的賞析策略。

（一）創意

　　賞析形式，創意之有無仍是重點之一，不能一味要求內容方面的創意，而棄形式的創意於不顧。一首詩假使內容方面缺乏創意，而形式方面富創意，則尚可。反之，內容方面富創意，而形式方面缺乏創意，亦尚可。設若內容、形式兩者皆無創意可言，那麼整首詩的總分可能不高。

　　茲就前引席慕蓉〈伴侶〉、夏宇〈甜蜜的復仇〉二詩，作形式方面之比較。平心而論，後者不但勝一籌，且具創意。前者係以「你是──，我就是──」句型組合而成，此句型已司空見慣。首段共出現六個暗喻，所用之喻依皆不新鮮。第二段結尾三行，更是陳腐老套，了無新意。不過，「願天長地久」五字的排列稍具創意。〈甜蜜的復仇〉在修辭技巧的運用上，相當成功、特異，比喻、比擬、夸飾之妙用，使詩生動有趣，加上「從反面寫」的方式，永生難忘的刻骨銘心之愛，躍然紙上。

　　必須聲明的是，檢查一首詩形式上是否合乎創意，並非要求其章法結構、斷句、分行、修辭、文法、押韻等要點一一具備創意，當然，一首詩倘能在這些要點上均富創意，必贏得喝采，但似乎是不可多得的。某幾點能達到反常合道、無理而妙，已難能可貴。

（二）結構

　　自古以來，文章講究起、承、轉、合，或者頭、中、尾，甚至，進一步要求開頭須像鳳頭，中間須像豬肚，結尾須像豹尾。現代文學亦不例外，也強調結構。不但作家注重結構，文學理論家亦然。而結構是什麼？

> 結構就是文章的骨骼，是文章內容（主題、材料）的組織與安排，是構成文章完整的重要手段。它包括文章中整體與部分、部分與部分之間的總的關係。[7]

　　以前國中國文課本曾選錄楊喚〈夏夜〉一詩，但刪除八行，從「美麗的夏夜呀」至「小弟弟夢見他變做一條魚在藍色的大海裡游水」共八行未出現在課文中。如此一來，這八行與其他各行、這八行與這首詩整體的關係完全消失，既然不「完整」，還談什麼「結構」？不僅新詩，連小說家洪醒夫〈散戲〉也在高中國文課本中慘遭截肢，動過大手術的這篇小說怎能說是軀體「完整」？倒不是被選入中學國文課本裡的新詩皆不完整，諸如徐志摩〈再別康橋〉、余光中〈車過枋寮〉，即結構謹嚴。

　　有些詩雖然未遭切除器官，但一生下來即不完整，所以賞析時應特別注意這個問題。

---

[7]　王宏喜：《文體結構舉要》（台北，經濟管理出版社，1992年12月），頁11－12。

（三）露骨

做人須坦率，但作詩千萬勿率直。套用最近流行的話，寫詩不可以「講清楚，說明白」。畢竟詩貴含蓄，把意思講明了，讀者便沒有想像、品味的空間。

打個比方，假設將詩所要表達的情、意，全盤托出，寫得清楚、明白，這種狀況視為「十分」，那麼這狀況就是「露骨」，是不良的現象。寫詩的最佳狀況大約是「七分」，換言之，將所欲表達的情、意呈顯「七分」。俗話「逢人只說七分話，未可全拋一片心」，正好可派上用場。茲將「逢人」兩字改為「寫詩」，於是得到以下兩句：

> 寫詩只說七分話，未可全拋一片心。

待人話留三分，以防心肝脾肺腎被人看透，對己不利。寫詩隱藏三分，以免讀者一覽無遺。王蓉芷〈只要我們有根〉一詩末段便出現全拋一片心的情況：

> 只要我們有根，
> 明春，明春來時，
> 我們又會枝繁葉茂，宛如新生。

屬於抽象思維的「宛如新生」，太直接，毫無保留。再者，這四個字的含意其實已隱藏在「我們又會枝繁葉茂」中。如果以形象思維的「枝繁葉茂」作結，則餘味較多。前引席慕蓉〈伴侶〉結尾

三行，亦出現表達「十分」的疵病。目前中學國文課本中有幾首新詩在「只說七分話」方面掌控得當，如鄭愁予〈錯誤〉、林泠〈不繫之舟〉、瘂弦〈坤伶〉等均是。

詩不同於一般散文，詩須含言外之意、弦外之音，因此，露骨與否？倒是判斷詩良莠的一個準繩。

（四）晦澀

前文述及寫詩的優良狀況是「只說七分」，「說十分」則流於露骨，反之，「只說三分」或「只說四分」亦不行，蓋造成晦澀也。

五、六〇年代，新詩大多詰屈聱牙，艱深難解，新詩長期為大眾詬病，這是一個因素。近二十年來，新詩追求明朗化，較為一般讀者所接受，然而，仍有不少「語不晦澀死不休」之作。之所以晦澀，細究之，表達得「過度含蓄」乃主因之一。以下舉碧果早期詩作〈被囚之礦的死群的齡之囚〉一段為例：

> 透紫的娼妓之我與透紫
> 我之一條泥虹的淡水街市之一條泥虹
> 是誰在販賣這季根鬚
> 空轎已出西域。

筆者自高中時代便拜讀此詩，迄今仍不知題意，而這四行中，除了第四行外，餘皆不知所云。林麗如〈以詩為証，物我合一〉一文述及「走實驗路線的碧果，不諱言早期是有些生澀、不成熟的語言。」[8]，明乎此，對上述四行所造成的閱讀的障礙，便不足為奇了。

8　林麗如：〈以詩為証，物我合一〉，《文訊》第一七七期（2000年7月），頁73－74。

除了語言生澀、不成熟易產生理解的困難外，鍾嶸《詩品·序》則提到另一個因素：

> 若專用比興，患在意深，意深則詞躓。

換句話說，一味地玩弄象徵、比喻的技巧，也會使作品「能見度低」。賞析詩，應注意此一現象。

筆者認為一首二、三十行的詩，如果有二、三行晦澀難解，則屬小疵，不足為病，但意深詞躓者達數行之多，則是大病，不足為範。

（五）散文化

「它可以讓我影像清楚」，是散文；「它抓得住我」，則是詩。「它」指軟片。「風箏在天空飛翔」，是散文，「風箏在天空奔跑」或「風箏繞著天空奔跑」，則是詩。散文與詩的區別，從而可見一斑。以第一個例子而言，透過比擬、夸飾的活用，「抓」字尤其生動有力，軟片的廣告標題遂成詩句，而那散文句只是平鋪直敘而已，乏善可陳。

許多詩充斥散文化的句子，更有甚者，整首詩是散文的分行，根本是「偽詩」。前引王志健〈一隻白鳥〉詩中存在著一些散文的現象，如第一段：

> 太陽從山巔昇起，
> 展開在無涯際的海面。

這兩行不但平淡無奇，且毫無詩質，確屬散文無疑。尤其置於開頭，更令人扼腕！試著變更其中幾個詞，立成詩句：

太陽從山巔睜眼，

俯視無涯際的海面。

也許如此詩質仍嫌不足，不妨透過創意思考及詩藝，再改成下列詩味較濃的句子：

太陽從山巔醒來，

奔騰在無涯際的海面。

不知國中國文老師以前講授這兩句時有沒有溢美？是否指出這兩句是散文？

同樣被選入國中國文教材，余光中〈一枚銅幣〉一詩中出現不少散文句，順手拈來便有幾句：

一直以為自己懂一切的價值──

百元鈔值百元，一枚銅幣值一枚銅幣，

這似乎是顯然又顯然的真理；

此詩被選入國文課本，據說余光中頗不悅，原因可能是國立編譯館事先未善盡告知之責，另一因素也許是余光中對這首少作並不滿意，偏偏選入全國通行的教材中，讓他覺得難堪。若選得意之作，他會比較心服。筆者對此詩亦不滿意，蓋詩中類似上述散文化的句子尚有不少，這種句子失於鬆散、直接，詩味蕩然無存。

一首詩中偶有一、二句呈現散文化，無傷大雅，然而散文句多

的話，則作品元氣大傷，甚至淪為「非詩」。關於詩可以容許一點散文，瘂弦亦表贊同：

> 「散文化」一詞，多少年來一直被認定是詩的缺點，豈不知如能在一首詩中適度的加一點散文性，不但不會造成傷害，反可增加詩的張力，活潑詩的節奏。[9]

偶一為之的散文句能否「增加詩的張力」？端視是否適度且巧妙的遣用而定。倘若遣用不當，非但未能產生張力，反而帶來禍害。對詩評頭論足之際，不能不謹慎考慮這些問題。

（六）準確

柯立基（S. T. Coleridge）曾為詩下定義：「詩是將最美的字放在最適當的位置」，此語包括兩個重點：字最美、位置最適當，缺一不可。一首詩如具備這兩個條件，必屬佳構。若轉用此定義來界定「準確」，亦十分恰當。一首詩如果每一個字皆是最精彩的，且所安排的位置都是最理想的，即臻及「準確」之境地，可謂天衣無縫，無懈可擊也。前引玉蓉芷〈只要我們有根〉末句「宛如新生」是敗筆，原因除了流於露骨外，亦患了不準確的毛病。成功的比喻往往是以新穎的、具體的比喻平凡的、抽象的，「新生」一詞顯得庸俗。不僅此也，此句置於末，令結尾軟弱無力。〈一隻白鳥〉末

9　辛鬱、白靈主編：《八十四年詩選》（台北：現代詩社，1996年5月），頁125。瘂弦在詩選中評林怡翠〈九份五記〉時除了這段話涉及散文化外，還有一段亦與此相關：「詩的語言組織比散文來得緊密，但這並非意味著詩的語言可以針插不透，不留空隙，令人窒息。跟散文一樣，成功的詩語言也要能兼顧實用語言的品質和功能，對口語的白、散文的散，最好都有適度的妥協，那是必要的妥協，建設性的妥協。」

段亦病得不輕，全詩僅二十六行，卻有三句含意相似，且擠在同一段。「凌空而飛騰」、「展開那長帆似的雙翼」、「在藍空滑行」三句，起碼該刪除一句，以求簡潔。一段才八行的篇幅，實不必如此「再三致意」！進而言之，上述三句猶須再錘鍊、濃縮，俾成為「最美」的句子。唯其如此，病情才會好轉，末段才會趨於準確。

語言學家索緒爾（Ferdinand de Saussure）指出形成語言的效果有兩個最基本的因素：選擇與組織。前者指對詞彙的挑選，後者指詞彙的安排。準此而言，那麼選用「最美的」詞彙放在「最適當的」文法、結構中，這樣的言語必定完美無缺。上述兩個詩例顯然在詞彙的選擇和組織上均不理想。

每一個字或每一個詞彙都達到「準確」的地步，是詩人所追求的，其實百分之百準確的詩並不多見，但儘量使準確度提高，倒是可以要求。詩讀者或詩評家不能因詩中有少數幾個字不符準確原則，便將準確一項以零分計，如同詩中出現一、二露骨之處，則該項沒有分數，這種評分方式過於嚴苛。筆者認為一首詩出現上述瑕疵，固然不能給該項之上限分數，但應視實際狀況多少給幾分。假使準確度太低，則不妨打零分。

（七）斷句

包括句中或句末標點符號的使用，以及分行。所有新詩，不論自由詩、新格律詩、圖象詩、散文詩，莫不與斷句息息相關。至於分行，與散文詩比較無關，與上述其他詩類亦密不可分。可以說，未擁有高明的斷句、分行理念、技藝者，很難成為好詩人。斷句、分行涉及詩意的斷與連、節奏的斷與連、節奏的快與慢，甚至視覺效果等，茲事體大，成名詩人均謹慎處理、掌控，洛夫、余光中、

楊牧、周夢蝶、白靈等詩人在這方面的表現十分優異！

　　既然斷句與分行如此重要，既然詩人苦心孤詣經之營之，因此賞析詩作絕不能忽略這一層。

　　不過，並非名家在斷句、分行上就不會失手，在象徵派詩人李金髮作品中便可找到一些不良紀錄，限於篇幅，以下僅舉一例──〈有感〉詩中的片段：

> 　如殘葉濺
> 　　血在我們
> 　　　腳上。
> 　生命便是
> 　死神唇邊
> 　　的笑。

　　作者刻意將「濺」與「血」切斷、「的笑」另立一行，看來既非為了押韻，也不是為了製造某種正面效果，教人百思不解。這種斷句、分行，對詩意的了解、節奏的流暢，委實有害而無益。

　　標點符號在詩中務必小心運用，否則易造成負面影響。拙作〈竹〉曾被選入國中國文課本第六冊，本來整首詩每行行末一律未加標點符號，課本編者擅自添加標點符號，以致其中五行出現嚴重問題：

> 　也只有綠，
> 　才是你一生想說的，
> 　　那句話。

在忠臣傳裡，

才能讀到。

編者在「那句話」下胡亂加一個句點，此後從民國七十六年至八十五年，流水十年間，這幾行一直含冤莫白。這句點使得後兩行沒有主詞，無法承接前面三行，國中師生因此不知其意，大惑不解。由於理解上發生狀況，詩的節奏也為之中斷，對詩的傷害極大！

鄭愁予〈錯誤〉被選入多種高中國文教材，其末段如下：

我達達的馬蹄是美麗的錯誤

我不是歸人，是個過客……

原詩末行有刪節號[10]，但國文教材泰半捨之，動作一致，不知何故？刪節號於此頗能醞造言猶未盡，餘味無窮的效果，讀者聯想空間較大。去除刪節號，口氣顯得比較堅決、強硬，感覺與原詩迥異。何況如此對作者亦不恭。每一種標點符號各含情、意，各具功效，品詩、評分時請仔細推敲。

（八）修辭

修辭的定義分廣義、狹義兩種。廣義的修辭涵蓋所有寫作技巧，狹義則專指辭格而已。黃慶萱《修辭學》在國內學界影響甚鉅，此書只針對辭格加以解析，走的是狹義修辭路線。本文所謂的修辭亦僅就辭格而言。

---

[10] 請參鄭愁予：《鄭愁予詩選集》（台北：志文出版社，1977年3月四版），頁115。另外請參鄭愁予：《鄭愁予詩集Ⅰ》（台北：洪範書店，1980年10月四版），頁123。

廣義、狹義乃純粹依照所包括的範圍大小而定，並不涉及價值判斷。辭格雖然只是廣義修辭的一部份，卻極基本而又重要，從來沒一位作家不需辭格而能創作！因此，檢視詩人使用辭格之成敗，也是讀者、詩評家可以考慮的。以下舉兩首詩，自辭格切入來從事賞析，作為示範。首先舉鄭愁予〈錯誤〉為對象。

　　　　　我打江南走過
　　　　　那等在季節裡的容顏如蓮花的開落

　　　　　東風不來，三月的柳絮不飛
　　　　　你底心如小小的寂寞的城
　　　　　恰若青石的街道向晚
　　　　　跫音不響，三月的春帷不揭
　　　　　你底心是小小的窗扉緊掩

　　　　　我達達的馬蹄是美麗的錯誤
　　　　　我不是歸人，是個過客……

　　「蓮花」象徵女子（即「你」）的年華、愛情，「開」意味青春、得寵，而「落」則暗示老邁、失寵。詩中最主要的辭格是譬喻，鄭愁予在短短九行連用三個明喻及兩個暗喻，象徵加上譬喻，此詩遂蒙上一層含蓄之美，蓋作者未直接表達也。此詩節奏輕快，細究之，乃排比、類疊辭格使然。拙文〈美麗的「錯誤」〉對詩中排比曾深入解剖：

第六行與第七行的形式與第三、四兩行相近，它們大約有一
個共同的文法模式在：

　　－－不－，三月的－－不－

　　你底心－小小的——

但是「相近」並不等於「相同」，因為鄭愁予在重覆這個文
法模式以製造節奏感之餘，他還考慮到「變化」的趣味性，
在大同中求小異，才不致流於呆滯。[11]

　　所謂「大約有一個共同的文法模式」乃「排比」辭格，它
能製造節奏感，實肇因於「重複」，斯與「類疊」能產生節奏道
理相同。「類疊」分兩種：一、有間隔的重複，稱為類，如〈錯
誤〉中「不」、「的」字等。二、沒有間隔的重複，如〈錯誤〉中
「小」、「達」字等。除了以上四個字外，「如」、「三月」、
「你底心」、「是」等亦隸屬「類疊」。排比加上類疊，難怪此詩
音樂性濃厚！

　　在數種《國文教師手冊》中，以龍騰文化事業股份有限公司出
版者比較懂得從辭格來探索〈錯誤〉一詩之特色，美中不足的是，
其中許多意念、觀點皆得自上述拙文，甚至有些地方一字不漏地抄
襲，卻未注明出處。

　　徐志摩〈再別康橋〉中辭格更多，而且運用得體；鑑賞此詩
倘棄辭格於不顧，是一大罅漏。龍騰本《高中國文第一冊》中〈再
別康橋〉一課的「簡析」，整整兩頁篇幅，竟無一語述及辭格。而
東大本《高職國文第一冊》此詩之「研析」僅述及擬人、象徵、頂

---

[11] 陳啟佑：〈美麗的「錯誤」〉，《渡也論新詩》（台北：黎明文化事業公司，1983年
　　9月），頁161。

真，對於另外幾個舉足輕重的辭格，如類疊、比喻、倒裝、錯綜、排比、摹寫等，竟視若無睹。

〈再別康橋〉呈現婉約、柔美的畫面，擬人、象徵、比喻、摹寫技巧實功不可沒。擬人、比喻如「那河畔的金柳／是夕陽中的新娘」等，摹寫如「輕輕的」、「悄悄的」、「沈默」等，使全萌生淡雅的美感。這綺麗的畫面，配合流暢、優雅的音樂性，牡丹綠葉，相得益彰。類疊、頂真、排比、錯綜技巧的高度發揮，乃是此詩節奏悅耳的主因。

此外值得一提的是，徐志摩不甘於板滯，所以，別出心裁地運用倒裝、錯綜及寬式頂真（如「沈澱著彩虹似的夢。／尋夢？撐一支長篙，」）來產生一些「曲折變化」。試舉一、二例而言，尾段透過錯綜中的「抽換詞面」，而與首段同中有異。再者，此詩固然營造「嚴式頂真」，如「夏蟲也為我沈默，／沈默是今晚的康橋！」，但也安排「寬式頂真」，以免頂真從「嚴」，一成不變。

有些人往往有錯誤的觀念，認為使用辭格即是成功的保證。試想詩中出現比喻如「光陰似箭」、比擬如「夜幕低垂」之類的詞句，會是好現象嗎？可見辭格須妥善利用，詞句始能精彩動人。

更深一層而言，談詩中的辭格，絕不能僅止於說某句由某辭格造成，哪一個詞係用哪一個辭格，如此膚淺，毫無意義。最理想的狀況是深究之，除了探討詩中辭格操作的原則、產生的功效，尚得說明之所以表現成功的理由及失敗的因素，務必講清楚，說明白。前面闡釋〈錯誤〉、〈再別康橋〉時，已做了簡單示範。以下再就〈錯誤〉中排比辭格之功效，進一步說明。前文提到這個排比是既同又異，具變化性，筆者曾細論之，姑且以下列這段文字作為這小節的結尾吧。

這種「變化」，或者說「小異」，可以從兩處見出。一處是在「你底心是小小的窗扉」上，前面連續使用兩個以「如」、「恰若」為喻詞的「明喻」，這裏假使一成不變地再遣用「明喻」的話，就顯得呆板乏味了。鄭愁予有鑑於此，於是很明智地改用一個「暗喻」，以「是」作為繫詞，來將「喻體」的心和「喻依」的窗扉銜接起來。這樣的更動，一方面能產生「變化」的新鮮、生動感，另方面對「你底心」也作進一步肯定的認知。另一個「變化」之處便在於這個「暗喻」之下的兩字「緊掩」，如果依照第四行的文法結構的話，這一行應該只寫到「窗扉」為止，若是一位二流的詩人大概會如此處理，但是鄭愁予卻棋高一著，他在「窗扉」之下，立刻接上「緊掩」兩字，使原來看似已盡的句子有了未盡的意味和延續的詩旨，真是絕處逢生。[12]

（九）節奏

舊詩由於字數相等、平仄格律、對偶、押韻的規定，故儘管遣詞用字粗劣，基本上仍有節奏，加上五言詩五言句式上二下三、七言詩七言句式上四下三的固定音節，當然遠比新詩還富音樂性。

刻意顛覆舊詩的框框條條，新詩依然有其獲取節奏的方式，或與傳統相同，如押韻；或傳統所無，如斷句、分行。

再以膾炙人口的〈再別康橋〉來談節奏、音樂。如前所言，類疊、頂真、排比、錯綜辭格為製造節奏的主力。茲依序舉證深究。

---

[12] 陳啟佑：〈美麗的「錯誤」〉，《渡也論新詩》（台北：黎明文化事業公司，1983年9月），頁161－162。

1 類疊

（1）類：輕輕的、虹、夢、青、星輝、放歌、悄悄的、揮、
雲彩。

（2）疊：輕、油、悄、沈默。

2 頂真

（1）嚴式頂真：夏蟲也為我沈默，／沈默是今晚的康橋！

（2）寬式頂真：沈澱著彩虹似的夢。／尋夢？撐一支長篙，

滿載一船星輝，／在星輝斑斕裏放歌。

3 排比：

但我不能放歌，

悄悄是別離的笙簫；

夏蟲也為我沈默，

沈默是今晚的康橋！

4 錯綜：

輕輕的我走了，

正如我輕輕的來；

我輕輕的招手，

作別西天的雲彩。

……

……

悄悄的我走了，

正如我悄悄的來；

我揮一揮衣袖，

不帶走一片雲彩。

排比的基本前提是「文法相同或相似」，其中含有「重複」的特性。錯綜中的「抽換詞面」，如此詩首末兩段，「悄悄的」取代同義詞語「輕輕的」，其他語詞則雷同，文法亦雷同，其中亦含有「重複」特性。至於類疊、頂真，更是由「重複」所造成。一言以蔽之，上述四種具有「重複」特性的辭格交互使用，自然產生節奏，而且是流暢的、輕快的節奏。

　　不僅此也，詩中「每段在偶數句末字用韻，且每段換韻」[13]，加上某幾段在奇數句末也用韻，節奏更是豐富、濃烈！更何況每行字數在六至八字之間，尚稱整齊，兼具視覺、聽覺之美。

　　一般人談詩的節奏，大多未再細分。其實節奏應區分快速與緩慢、強烈與低弱、內在與外在、規則與變化等，如此才明確、清楚，畢竟節奏有多種，豈可一概以節奏一詞稱之？

　　〈再別康橋〉節奏比較輕快，也有與此相反，節奏緩慢的詩作：

　　　沙啞唱片

　　　深深的
　　　紋溝
　　　在額上
　　　一遍又一遍
　　　唱著

---

[13]　李振興等：《職校國文（一）》（台北：東大圖書公司，1996年8月），頁27。

我要活

我要活

我要

（非馬〈老婦〉）

此詩刻意將長句切割成數個短句或詞，並分行處理，來營造緩慢節奏。其目的何在？蓋欲配合老婦垂死掙扎之心境。梅新〈鳥〉一詩中的斷句、分行亦有異曲同工之妙：

不歌

也不飛

學雞

散步

叢林裏

鳥

無歌

節奏緩慢更能讓人感受鳥遭受侵害的那種無奈，假設將原詩重組，處理成如下四行：

不歌也不飛

學雞散步

叢林裏

鳥無歌

非但沒有回味的餘地，且輕快的節奏與主題格格不入。拙文
〈新詩緩慢節奏的形成因素〉曾指出倒裝、外語和新詞僻字、表
面文字排列、標點符號、切斷語法並分行處理等技巧會令節奏緩
慢。[14]〈老婦〉、〈鳥〉顯然即善用「切斷語法並分行處理」的
技術。

探討詩的節奏，須了解是屬於哪一種節奏？依賴哪一種技巧製
造節奏？技巧運用是否完全圓滿，無一漏洞？這樣的探討才完整、
具體。

（十）形式與內容搭配

從以上十幾個項目評判一首詩之後，最後將內容方面及形式方
面合而觀之，檢查兩方面是否一一相互配合？例如一首風格豪放的
詩，不慎使用一些陰柔的意象、材料。又如慷慨激昂的戰鬥詩卻出
現一些冷僻難解的詞或不知其音的字，甚至文法不順口的句子。或
者像〈鳥〉一詩感情沈痛、無奈，卻以快節奏的詩行表達。諸如此
類，皆導致內容與形式圓鑿方枘，令人遺憾。詩人、詩評家羅青二
十多年前撰寫《從徐志摩到余光中》一書時，批評詩的優劣自有一
套標準，其一為：

> 用以呈現主題及控制主題意象的技巧或形式、造句或遣詞是
> 否恰當自然而有力？[15]

---

[14] 陳啟佑：《渡也論新詩》（台北：黎明文化事業公司，1983年9月），頁1－25。
[15] 羅青：〈如何欣賞新詩〉，《從徐志摩到余光中》（台北：爾雅出版社，1996年3月
　　 13印），頁276－277。

其目的在於「檢查作品的形式與內容是否成一有機體，是否相互配合無間」[16]。一般人談新詩欣賞，極少關注此一層面。筆者認為此乃總檢查也，不容忽視。

三、結語

以上介紹內容賞析策略三項及形式賞析策略十項，疏漏在所難免，諒要項大致皆已述及。這十三項如能以表格呈現，換言之，製作「評分表」，標明各項名稱及上限分數，供評詩之需，則賞析將更趨完美！

數十年來，關於新詩賞析方面的文章不少，有幾篇見解精闢，餘則多半欠佳，或失於膚淺，或只見樹木不見森林，更有甚者，人云亦云，毫無創見。筆者盼能提供較完整、多元的賞析策略，給詩壇、教育界參考。多年來筆者到過諸多中學從事國文教學輔導工作，國文老師經常問起新詩賞析的種種疑難，筆者迺萌生撰寫本文的念頭，但願能多少解除中學國文老師，甚至其他讀者心中的困惑。

　　　　——發表於「第五屆現代詩學會議」（國立彰化師範大學國文系主辦，90年5月26日）

---

[16] 羅青：〈如何欣賞新詩〉，《從徐志摩到余光中》（台北：爾雅出版社，1996年3月13印），頁277。

秀威經典　　　　　　　　　　　臺灣詩學論叢02　PG1481

新詩新探索

作　　　者/渡　也
主　　　編/李瑞騰
責任編輯/盧羿珊
圖文排版/周政緯
封面設計/蔡瑋筠

出版策劃/秀威經典
發 行 人/宋政坤
法律顧問/毛國樑　律師
印製發行/秀威資訊科技股份有限公司
　　　　　114台北市內湖區瑞光路76巷65號1樓
　　　　　電話：+886-2-2796-3638　傳真：+886-2-2796-1377
　　　　　http://www.showwe.com.tw
劃撥帳號/19563868　戶名：秀威資訊科技股份有限公司
　　　　　讀者服務信箱：service@showwe.com.tw
展售門市/國家書店（松江門市）
　　　　　104台北市中山區松江路209號1樓
　　　　　電話：+886-2-2518-0207　傳真：+886-2-2518-0778
網路訂購/秀威網路書店：http://www.bodbooks.com.tw
　　　　　國家網路書店：http://www.govbooks.com.tw

2016年1月　BOD一版
定價：220元
版權所有　翻印必究
本書如有缺頁、破損或裝訂錯誤，請寄回更換

國家圖書館出版品預行編目

新詩新探索 / 渡也著 ; 李瑞騰主編. -- 一版. -- 臺北市 : 秀威
經典, 2016.01
　　面 ;　　公分
BOD版
ISBN 978-986-92379-5-6(平裝)

1. 新詩　2. 詩評

820.9108   104024256

讀 者 回 函 卡

感謝您購買本書，為提升服務品質，請填妥以下資料，將讀者回函卡直接寄回或傳真本公司，收到您的寶貴意見後，我們會收藏記錄及檢討，謝謝！
如您需要了解本公司最新出版書目、購書優惠或企劃活動，歡迎您上網查詢或下載相關資料：http:// www.showwe.com.tw

您購買的書名：＿＿＿＿＿＿＿＿＿＿＿＿＿＿＿＿＿＿＿＿＿＿＿＿

出生日期：＿＿＿＿＿年＿＿＿＿＿月＿＿＿＿＿日

學歷：□高中 (含) 以下　　□大專　　□研究所 (含) 以上

職業：□製造業　□金融業　□資訊業　□軍警　□傳播業　□自由業
　　　□服務業　□公務員　□教職　　□學生　□家管　　□其它＿＿＿＿

購書地點：□網路書店　□實體書店　□書展　□郵購　□贈閱　□其他

您從何得知本書的消息？

　□網路書店　□實體書店　□網路搜尋　□電子報　□書訊　□雜誌
　□傳播媒體　□親友推薦　□網站推薦　□部落格　□其他＿＿＿＿＿＿

您對本書的評價：(請填代號　1.非常滿意　2.滿意　3.尚可　4.再改進)

　封面設計＿＿＿　版面編排＿＿＿　內容＿＿＿　文／譯筆＿＿＿　價格＿＿＿

讀完書後您覺得：

　□很有收穫　□有收穫　□收穫不多　□沒收穫

對我們的建議：＿＿＿＿＿＿＿＿＿＿＿＿＿＿＿＿＿＿＿＿＿＿＿＿

＿＿＿＿＿＿＿＿＿＿＿＿＿＿＿＿＿＿＿＿＿＿＿＿＿＿＿＿＿＿＿＿＿

＿＿＿＿＿＿＿＿＿＿＿＿＿＿＿＿＿＿＿＿＿＿＿＿＿＿＿＿＿＿＿＿＿

＿＿＿＿＿＿＿＿＿＿＿＿＿＿＿＿＿＿＿＿＿＿＿＿＿＿＿＿＿＿＿＿＿

11466
台北市內湖區瑞光路 76 巷 65 號 1 樓

秀威資訊科技股份有限公司　　　收

BOD 數位出版事業部

┄┄┄┄┄┄┄┄┄┄┄┄┄┄┄┄┄┄┄┄┄┄┄┄┄┄┄┄┄┄┄┄┄┄┄┄┄┄

（請沿線對折寄回，謝謝！）

姓　　名：＿＿＿＿＿＿＿＿＿　年齡：＿＿＿＿　性別：□女　□男

郵遞區號：□□□□□

地　　址：＿＿＿＿＿＿＿＿＿＿＿＿＿＿＿＿＿＿＿＿＿

聯絡電話：(日)＿＿＿＿＿＿＿＿＿＿(夜)＿＿＿＿＿＿＿＿＿＿

E-mail：＿＿＿＿＿＿＿＿＿＿＿＿＿＿＿＿＿＿＿＿